AF203042

Verbunden durch das gemeinsame Schicksal von Bedrohung, Flucht und Heimatlosigkeit hat Erich Goldschmidt einen ganz anderen Lebensweg wählen müssen als sein jüngerer Bruder. Während Georges-Arthur als international gefeierter Autor zwischen den Sprachen und mit den Worten lebt, hatte Erich sich für ein Leben an der Waffe entschieden. Er schloss sich der Résistance an, kämpfte mit bei der Befreiung von Paris und des Elsass und war schließlich Major in der französischen Kolonialarmee in Algerien. Dort beteiligte er sich sogar an dem Offiziersputsch gegen Charles de Gaulle, der Algerien in die Unabhängigkeit entließ, und blieb dennoch bis zu seiner Pensionierung Offizier. Danach arbeitete er noch viele Jahre als unauffälliger Mitarbeiter der Crédit Agricole.

Über Jahrzehnte zurückgehalten, war ein Geburtstagsbrief der Anlass für Georges-Arthur Goldschmidt, die verschütteten Erinnerungen an das Leben des Bruders ans Licht zu holen.

GEORGES-ARTHUR GOLDSCHMIDT, geb. 1928 in Reinbek bei Hamburg, ist einer der profiliertesten Intellektuellen der Nachkriegszeit, Essayist und Übersetzer. Er emigrierte als Kind nach Italien und später nach Frankreich. Für sein umfangreiches Werk wurde er u. a. mit dem Geschwister-Scholl-Preis, dem Nelly-Sachs-Preis, der Goethe-Medaille, dem Joseph-Breitbach-Preis und dem Prix de l'Académie de Berlin ausgezeichnet. 2015 erhielt er den Sigmund-Freud-Kulturpreis. Er lebt in Paris.

Georges-Arthur Goldschmidt

Der versperrte Weg

Roman des Bruders

btb

Für Herta Müller

Als Erich Goldschmidt 1924 geboren wurde, war Reinbek in Holstein noch ein kleines Dorf und zugleich ein Ort, wo sich immer mehr Beamte und Angestellte niederließen, die in Hamburg arbeiteten, wie eben Erichs Vater, der damals schon Oberlandesgerichtsrat war. Mehrmals in der Woche fuhr er in die Stadt und schrieb seine Urteile im Zug. Er war im Gericht bekannt wegen seiner juristischen Kompetenz und wegen der Tabakkrümel, die sich überall zwischen den Seiten seiner Akten befanden. Seinem Alter nach hätte er schon der Großvater seines Sohnes sein können, denn er war bereits einundfünfzig und seine Frau über einundvierzig. Nach dem ersten Kind hatte sie mehrere Fehlgeburten gehabt.

Erich hatte eine größere Schwester, die als Abiturientin mit achtzehn Jahren eine der ersten Studentinnen der Hamburger Universität gewesen sein soll. Bis ins Alter von vier Jahren genoss er die ungeteilte Aufmerksamkeit und das Entzücken seiner, ob der »späten Geburt«, überglücklichen Eltern. Alle Familienangehörigen wurden immer zum Bestaunen des kleinen Wunderkindes eingeladen. Erich hatte eine Kinderfrau, die er anscheinend nur duldete; er verursachte keine Probleme, soll aber immer auf Distanz zu ihr geblieben sein.

Irgendwann, nach einer für ihn vielleicht nicht sehr langen Zeit, blieb seine Mutter öfter im Bett; er durfte etwas geahnt haben. Als dann auf einmal durch das ganze Haus gerannt wurde, das Telefon laut klingelte und er allein gelassen wurde und nur einmal die Schwester vorbeihuschte, um nach ihm zu sehen, verstand er sofort, dass es mit seinem Reich zu Ende war. Am 2. Mai 1928 war sein kleiner Bruder Jürgen-Arthur geboren. Nach und nach wurde er seiner Räumlichkeit beraubt, wo sonst nichts anderes als die gewöhnliche Umgebung war. Im Kinderzimmer schienen die Farben anders, zwischen seinem Bettchen und der Wand war das Licht nicht mehr dasselbe. Alles hatte einen kaum merkbaren Ruck bekommen. Die Stimmen der Eltern klangen anders, oft besorgt oder angespannt. Sie waren nicht mehr ganz für ihn da. Er hörte immer öfter den Vornamen des kleinen Bruders und immer seltener seinen eigenen. Er hatte nun nicht mehr die Welt für sich alleine, alles, was sich ihm zum Greifen, zum Rollen, zum Schieben, zum Ziehen anbot, war nun in Gefahr, plötzlich von dem Schreibündel unterbrochen zu werden, denn es war laut, schrill, es brüllte, keifte, heulte ununterbrochen. Bisher war alles glatt, gleichmäßig, so wie erwartet. Vor ihm breitete sich der ganze Weg zum Gehen oder Laufen aus; jetzt, wenn ein Erwachsener ihn nicht an der Hand hielt, war ihm der Weg versperrt.

Er war nun groß genug, fast fünf Jahre alt, um zu wissen, wie sich der Freiraum vor ihm ausbreitete. Aber auf einmal war diese sicher gewordene Strecke von diesem Etwas durchquert und unübersichtlich gemacht worden. Die Welt war für ihn nun umgekippt, alles war bedroht vom Zugreifen oder Dazwischenfahren dieses anderen, der da unerwartet auftauchte. Zuerst hatte der kleine Bruder noch im Zimmer mit den Eltern geschlafen, aber nach einigen Monaten hatte man sein Bett zu ihm ins Kinderzimmer gestellt.

Eines Tages essen die Eltern ausnahmsweise gemeinsam zu Mittag im großen zweifenstrigen, sich nach Norden öffnenden Biedermeier-Esszimmer. Eine seltene Stille herrscht im Haus, von den offenen Fenstern kommt das Sirren der Birkenzweige im Wind. Plötzlich, von einer Ahnung getrieben, springt der Vater auf und rennt die Treppe hinauf, der Junge hatte sich aus dem Gitterbett herausgearbeitet und stand mit einer Stricknadel und schon mit gehobenem Arm ganz nah an der Wiege des Babys. Er wollte ihm die Augen ausstechen. Das sollte dann jahrelang zum Gesprächsstoff der Familie werden, und kaum konnte der kleine Bruder sprechen, hörte er schon davon reden; bei jedem Disput wurde der Stechversuch herangezogen, beide Eltern warfen es einander bei jeder Gelegenheit vor und beide versöhnten sich, indem die Kinderfrau das Feld räumen musste.

Aus dem Ganzen entstand eine Nervosität mit Türenschlagen und Gejammer, das die Kindheit der beiden Brüder prägte und das jeder zu seinen Gunsten zu wenden versuchte. Die entlassene Kinderfrau wurde von Nana ersetzt, die Verlobte des Hausmeisters von gegenüber. Sie war eine üppige, beruhigende Frau aus einer Hamburger Hafenarbeiterfamilie. Sie wurde bald unentbehrlich. Es war, als führe sie den kleinen Erich in seinen Umraum zurück. Aber alles, was irgendwer unternahm, wurde vom plötzlichen Hereinplatzen der Mutter abgeschnitten. Sobald Stille im Kinderzimmer herrschte, stürzte sie herein und vermeinte schon die Stricknadel zu sehen. Sie sorgte sich umso mehr um Erich, sie hatte seine Gedanken erraten und wusste alles über ihn, sie hatte sich in ihn hineinverlebt. Sie nahm ihn in den großen Garten mit und zeigte ihm alle Blumen am Rasenrand und erklärte ihm die Schalenblumen und die Glockenblumen. Im Hintergarten erklärte sie ihm die verschiedenen Gemüse und Kräuter.

Überall um ihn herum war alles besetzt, wo er sich auch hindrehte, ließ man kahle Wände herunter. Er wollte alles mit beiden Händen von sich wegdrücken, aber sofort hätte sich die Mutter geängstigt und aufgeregt, es war immer jemand bei ihm, Nana oder die große Schwester. Wie er in sich stand, war er sicher, die Gegenstände, die Landschaft, das Rasenrondell mit den metallenen Gartenstühlen mit den runden Löchern im Sitz, die Buchen im Garten, das Gitter, alles, was er sah, war verlässlich. Weil er darauf vertrauen konnte, ging er besonders sorgfältig mit den Dingen um. Seine Spielsachen blieben stets piekfein, wie neu; jede noch so kleine Schramme, die dann vom kleinen Bruder kam, stürzte ihn in Verzweiflung. Jedes Spielzeug war für ihn die ganze Welt. Alles stürzte ein, es tat ihm körperlich weh und beklemmte ihm die Brust. Jetzt beim Spielen gab es die Angst, der Kleine könne alles durcheinanderbringen.

Der Bruder machte nur Unordnung, beim Eisenbahnspielen schmiss er die Wagen um, er verdarb alles, und wenn Erich, außer sich vor Verzweiflung, auf ihn einschlug, heulte der kleine Bruder derartig, dass die Mutter herbeieilte, den Kleinen liebkoste und den Größeren rügte, der sich gegen die Heimtücke des Kleinen, der wie kein anderer Opfer zu spielen wusste, nicht wehren konnte. Jürgen-Arthur war schlau genug, alles zu seinen Gunsten zu wenden, er war verlogen und heimtückisch. Sehr rasch hatte er gelernt, wie man seine eigenen Schwächen auf den Bruder schieben kann. Seitdem die Eltern in der Sorge lebten, konnte Erich immer weniger auf ihren Schutz zählen, so schloss er sich in sich selber ein und machte alles, wie man es von ihm erwartete: bloß nicht auffallen – jeder sollte sofort merken, dass man ihm vertrauen konnte. Glatt und unerreichbar brachte er sich selber in Sicherheit. Alles an ihm war sauber und gediegen, er hatte nie Flecken an seiner Kleidung. Keiner sollte ihn schelten oder ihm Vorwürfe machen. Er war tadellos in jeder Beziehung, ein Kind, von dem alle Eltern träumen konnten, in dem aber eine ungeheure Gewalt gärte: Der Arm war zum Schlag bereit.

Er brauchte kaum Mühe, alles in Ordnung zu haben, er brauchte Regelmäßigkeit. Übersehbare, einheitliche Flächen gaben ihm Sicherheit. Schon als kleiner Junge mochte er das Abtragen nach dem Essen nicht oder das Umstellen eines Stuhls im Zimmer, alles musste bleiben wie es war. Er bekleckerte sich niemals beim Essen. Alles war Enttäuschung für ihn und er zog sich in sich selber zurück.

Er war ein sehr guter Schüler, der Lehrer der Volksschule gratulierte dem Vater jedes Mal, wenn er ihm auf der Straße begegnete. Er hieß Lindemann und wurde dann auch der erste Lehrer des Bruders. 1936 war er der NSDAP beigetreten wegen seiner sechs Kinder.

Seit Oktober 1934 wussten die beiden Knaben, dass der Vater nicht mehr jeden Morgen zum Bahnhof fuhr, sie hatten ihn den ganzen Tag für sich allein. Erich hatte sofort verstanden, dass da etwas nicht stimmte.

Nun verbrachte der Vater die meiste Zeit im »Herrenzimmer«, wo er seine Staffelei aufgebaut hatte. Er war ein passionierter Sonntagsmaler, der im nahen Wald schöne Landschaftsbilder malte, er ging oft hinaus, um die Natur so zu erfassen wie sie eben war. Der Vater war vom Dienst suspendiert worden und Erich hatte sich geschämt. Vielleicht war doch etwas gewesen. Der Vater hatte vermieden, den Grund seiner Entlassung irgendwie zu erklären. Von der »Wiederherstellung des deutschen Berufsbeamtentums« konnte der Junge nichts wissen. Von Nicht-Ariern hatte er nie gehört, von Juden schon, im Evangelium, bei Pastor Fries in der Sonntagsschule, und er hatte schon ab und zu auf dem Schulhof von Juden gehört. Er war noch vom selben Pastor konfirmiert worden, der kleine Bruder aber durfte nicht mehr zum Kindergottesdienst, der neue Pastor hatte zu große Angst vor den Nazis gehabt und einige hatten ihn angeblickt, ohne dass er verstand, weshalb. Vielleicht waren sie neidisch auf ihn, weil er zu Ostern aufs Gymnasium, die Sachsenwaldschule sollte, wo der große Bruder schon war. Jedoch war es ihm nach und nach gekommen: ob er etwas mit Juden zu tun hätte?

Zu Hause war die Mutter, bei der nie etwas klappte, auch kein Anhaltspunkt. Rechnete man mit ihr, war sie plötzlich verschwunden, sich ihr anzuvertrauen war immer nur im falschen Augenblick möglich. Er wusste nie, wie es mit ihr in der nächsten Viertelstunde sein würde. Sie spielte gerade mit ihm Schwarzer Peter, sprang auf einmal auf und ging ans Klavier und spielte etwas von diesem Schumann, von dem er die Nase voll hatte, oder sie bereitete sich auf einen Ausflug mit ihm vor, kochte Eier hart, packte den Rucksack und er freute sich so – und dann wurde wieder nichts daraus. Sie hatte auf einmal furchtbare Kopfschmerzen oder musste im letzten Augenblick noch etwas Unentbehrliches machen. Jeden Tag eine kleine unerwartete Enttäuschung, etwa ein ihretwegen ausgefallener Spaziergang, festigte die Entfernung, die seit dem Erscheinen des kleinen Bruders entstanden war.

Um keine bitteren Tränen zu weinen, hatte er in sich das Aufsteigen von Kummer abgeschaltet. Sich bloß nicht innerlich zerreißen lassen: Wenn er sich zur Mutter stürzte, dass sie ihn liebkose während sie gerade dem Kleinen zu essen gab oder ihn anzog, stieß sie ihn fast von sich, dann fiel ihm eine eiserne Klemme um die Brust und er konnte kaum noch atmen. Seitdem warf er sich beim Einschlafen von einer Seite zur anderen; der Hausarzt sprach von Jaktation, der kleine Jürgen-Arthur, damals schon sieben, fühlte, wie sich der Bruder frei machen wollte, wie er versuchte, auszubrechen.

Im Bilder-Brockhaus fand er Bilder über deutsche Fabrikate, die besten der Welt: Fahrzeuge, Werkzeuge wurden da mit deutlichem und scharfem Umriss dargestellt, es gab auch Tafeln mit allem Zubehör für Bahnhof, Schmiede, Luftfahrt und sogar eines für Folter, worauf welche hingen oder gehängt wurden oder ausgepeitscht und mit Zangen gekniffen; man sah es, sie waren nackt, das schaute er sich immer wieder an mit ganz schlechtem Gewissen. Ähnliches fand er auch bei Karl May, er war immer der weiße

Reisende, der die Sklaven befreite. Mit dem kleinen Bruder spielte er Sklavenhändler und Jürgen-Arthur war sehr gerne Sklave!

Erich wurde jetzt öfters nicht mehr zu Fahrten mitgenommen, wenn man unter Wimpel und wehender Fahne gemeinsam aufbrach: »Du kommst nicht mit«, wurde ihm zugerufen; bis plötzlich einer »Du Judenjunge« rief, und dann kam es bald auch zu »Judensau« oder »Scheißjidd«, »eine Schande, dass es dich gibt«. Es war unmöglich, dass es ihm galt, ihm, dem deutschen Jungen, der wie jeder überzeugt war, dass ein Deutscher alles besser kann als alle anderen Völker, dass die Franzosen z.B. im Vergleich degeneriert waren und faul. Er war stolz, ein richtiger, aufrichtiger Deutscher zu sein, damit brüstete er sich vor sich selber: Deutscher.

Auf dem Gymnasium schien sich keiner um die »Judenfrage« zu kümmern. Erich war ein ausgezeichneter Schüler, der in allen Fächern gut, in manchen sogar sehr gut war.

1937, als Dreizehnjähriger, stellte er sich schon seine deutsche Zukunft vor: Er wäre gerne Richter geworden, wie sein Vater, oder Kapitän zur See. Im Herrenzimmer sah er sich die Bilder mit Uniformen an und kannte schon alle Dienstgrade. Die verschiedenen Flaggen der Kriegsmarine hatte er sich alle mit

Buntstift abgezeichnet und das Hakenkreuz störte ihn nicht, obgleich er doch die alte Reichsflagge schöner fand. Alles Deutsche war Lebensinhalt für ihn. Auf dem Fahrrad fühlte er sich deutsch über alles. Am Erntedankfest hatten die Eltern nicht einmal schwarz-weiß-rot flaggen dürfen, von der Hakenkreuzfahne ganz zu schweigen, aber auf die Flaggen war er im Voraus doch so stolz gewesen! Ob die Eltern nicht im Bilde waren? Lebten sie in einer anderen Welt? Er hatte es sich nicht getraut, richtig zu verstehen, ja, das Nicht-Arische war gemeint, von dem er anfing zu ahnen, was es bedeutete.

Was hatte er denn mit »Juden« zu tun? Die waren doch etwas Dunkles, das Angst machte – ob es überhaupt noch welche gab?

Der Onkel, der in Hamburg so merkwürdig in der Höhe lebte, in einer Etage ohne Garten, sprach von Ostjuden, die in primitiven Verhältnissen lebten, wie im Mittelalter außerhalb der Gesellschaft, die abergläubisch den Rabbinern glaubten, ihre eigene Sprache hatten, die teilweise aus Deutsch bestand. Sie waren so fremd, dass ein Schriftsteller, dessen Namen er behalten hatte, Döblin, extra nach Polen gefahren war, um nachzusehen. Juden gab es also nur noch in Polen, sie wohnten in niedrigen Häusern an sandigen oder matschigen Straßen. Man konnte sie umbringen, wie man wollte, sie wurden durch die Straßen gejagt und erstochen oder niedergeschlagen. Mit den Bildern davon wollte er nichts zu tun haben, aber sie kamen ihm doch.

Er, Erich, war einer von denen, die sich gemeint fühlten, wenn es um Heimat und Vaterland ging, wenn er das Deutschlandlied hörte, kamen ihm vor Rührung die Tränen, vor allem aber, wenn er sich selber »ich hatt' einen Kameraden« vorsummte beim Schlacht spielen mit seinen Bleisoldaten. Er las mit Begeisterung »Im Wald und auf der Heide« von Hermann Löns mit den schönen Naturfotografien und kannte schon die meisten Vögel der deutschen Wälder.

Zwei oder drei Mal war er mit dem Vater in Hamburg gewesen und hatte da den Bismarck betrachtet, den der Vater sogar noch persönlich im Sachsenwald gesprochen hatte; viel mehr aber war es der Hafen gewesen, mit der Kehrwiederspitze, von der aus er die großen deutschen Überseedampfer bewundern konnte, die größten der Welt. Die deutschen Werften waren die besten.

Und so stolz war er, wenn der Zeppelin in der Sonne blinkend über Hamburg dahinschwebte. Noch schöner war es, wenn er Bilder von der Reichs-autobahn München–Berlin anschauen konnte, das war eine Leistung, und das hatte kein anderes Land. Und doch kam irgendetwas Unbestimmtes dazwischen. Ob er sich überhaupt dazurechnen durfte? So gerne wäre er auch Pimpf geworden. Er hatte voll Teilnahme in Reih und Glied auf der Straße »die Fahne hoch« mitgesungen, aber wenn er darüber mit anderen sprach, blickten die woanders hin, antworteten mit veränderter Stimme oder überhörten ihn. Sein Vater blieb eher zurückhaltend, er war nicht wie sonst auf der Seite seines Kindes, diesmal war er fast abweisend.

Vielleicht hatte es mit dem Unwohlsein zu tun, das Erich immer öfter empfand, wenn er mit dem Ranzen auf dem Rücken von der Schule zurückkam. Er wartete jetzt immer, bis die anderen schon weiter weg waren. Für sich selber hatte er keinen festen Anhaltspunkt mehr, an dem er sich orientieren konnte: Er durfte nicht zur HJ und hatte seine Eltern sagen hören, dass er zu Ostern nicht mehr aufs Gymnasium dürfe und man für ihn eine Privatschule finden müsse.

Er durfte nicht mehr überall hin, am Tonteich baden gab es nicht mehr, im Stadtwald durfte er nicht mehr auf den Bänken sitzen, am Spielplatz standen an jeder Ecke große steinerne Enten, auf denen er und seine Mitschüler gerne ritten. Das war nun verboten. Das hatte er mitbekommen: Ohne zu wissen warum, gehörte er zu denen, die von solchen Verboten betroffen waren.

In ihm war es wie ein leises Ersticken, er konnte gut, aber nicht mehr frei atmen, die Eltern schwiegen sich aus, verwickelten sich in längeren Sätzen oder sprachen Englisch.

Aber eines Tages, kurz nach dem Mittagessen, fingen sie plötzlich an, »davon« zu reden: »Mutti ist so sehr erschöpft, für einige Zeit müsst ihr weg, aber es ist nur für kurz, nach England vielleicht, ihr kämt in eine Public School, aber wirklich nur für ganz kurz oder vielleicht auch gar nicht.« Die Eltern tauschten Blicke und die Mutter brach wieder in Tränen aus und der Vater setzte zur Erklärung an, als der Knabe ihn unterbrach: Das weiß ich schon alles. Was er da wusste, konnte er nicht in Worte fassen, etwas fiel senkrecht vor ihm herunter. Er hatte das alles schon geahnt und war sicher, dass er beim Abschied alles unwiederbringlich hinter sich lassen würde.

Er war doch Deutscher bis in die Knochen, das wiederholte er sich tagaus, tagein: Jeder, mit dem er zu tun hatte, jedes Haus, jeder Baum, jedes Gebüsch, jeder Straßenrand, machte ihn jede Sekunde mehr zu einem Deutschen. Dass er nicht zu Haus bleiben konnte, war so ungeheuerlich, dass er nicht einmal zum Nachdenken kommen konnte.

Jeder tat die nächste Zeit, als wäre nichts gewesen, es wurde weiter im Garten oder im ganz nahen Vorwerksbusch gespielt, aber mit belegtem Herzen, alles, was man da um sich sah und hörte, die Stimmen, die Bäume und die Wiesen, die Landstraße, die plötzlichen Sonnenstiche, würde man nicht mehr sehen, man sollte sie nicht mehr vor Augen haben. Es genügte nicht, daran zu glauben. Der gleichaltrige Nachbar von gegenüber, Rudolf Bergmann, einer der seltenen Freunde, die noch zu ihm hielten, glaubte es auch nicht.

Es war in ihm wie ein tieferes Wissen, wie ein Rezept, das man schon vor der Geburt in sich hatte, eine Abwesenheit, wie eine angeborene, für alle Fälle vorbereitete Gleichgültigkeit, die vor tödlichem Kummer schützte. Seit es seinen Bruder gab, hatte er sie kennengelernt. In ihm gab es nun diese Leerstelle, die nichts füllen würde. Es sei nur, dass er nicht fort müsse.

Sie waren gerade zufällig alle in der Waschküche im Keller, wo der Vater an einer Werkbank seine Malfarben vorbereitete und der kleine Bruder eine Kröte auf der feuchten Gartentreppe entdeckt hatte und sich wunderte, wie man sie atmen sah, als die Mutter, Tränen in den Augen, eine Fotografie in einem ungewöhnlich großen Format vorzeigte mit einem

Frauengesicht mit Haarknoten. »Bei dieser sehr lieben Dame in Florenz sollt ihr einige Zeit wohnen.« Der kleine Bruder bekam einen Anfall, zertrampelte das Foto und beschimpfte seine Eltern: »Ihr habt uns verkauft«, riss sich die Haare aus, wälzte sich auf dem Kellerboden und schrie, und doch hatte er sich bei dem Vater im Lübke-Semrau schon die Bilder von Florenz angesehen und bewunderte den Dom Santa Maria del Fiore mit dem schlanken Campanile und der runden Kuppel.

Erich war da einfach stehen geblieben, der Ekel, den er vor diesem Theater empfand, war größer als der Kummer. Vom kleinen Bruder war jede nur mögliche Komödie zu erwarten, in zehn Minuten wird er wieder zu spielen anfangen als sei nichts gewesen, er war doch nur ein zappelndes Etwas, das ihm jede Aussicht versperrte und das ihm immer im Wege stand. Sie sollten am 18. Mai 1938, in kaum drei Wochen, mit einer unbekannten Dame über München, wo sie das deutsche Museum besichtigen sollten, nach Florenz. Erich freute sich, der kleine Bruder würde seinen Geburtstag, den 2. Mai, noch zu Hause feiern. Es wunderte ihn, dass ihm dieser Gedanke gerade kam, vielleicht war der kleine Bruder der letzte Halt, wie eine zukünftige Hoffnung.

Nach über achtzig Jahren wird die Erinnerung unsicher, man kann sie nicht mehr von den gesamten Lebensempfinden trennen, von den Gedächtnisbildern, die einem kommen. Es geht hier darum, das Leben eines vom historischen Unglück zutiefst gezeichneten Menschen nachzuerzählen, der dank des Französischen Widerstands, an dem er teilnahm, immerhin dem Entsetzen, den Razzien der Deutschen und der Deportation entkam.

Wenig lässt sich von Erich in jener Zwischenzeit erzählen, und wie er als junger Deutscher Italien erlebte, ist schwer zu erfassen.

Die beiden Brüder wohnten weit oberhalb von Florenz, in Settignano, von wo unzählige unsichtbare Pfade zwischen Olivenbäumen und Weinbergen nach Fiesole führen. Er streunte mit dem Hund durch die Landschaft, es war aber für ihn eine stumme Zeit, von der niemand weiß, was ihm geblieben ist. Es ist ein sonderbares Gefühl, so nahe aneinander gelebt zu haben und so wenig vom älteren Bruder zu wissen.

Erich gab sich keine Mühe, Italienisch zu lernen, vielleicht, weil er nur vorläufig dableiben sollte. Hitler und Mussolini waren Freunde, und das Ehepaar, das sie beide aufgenommen hatte, zeigte ihnen durch vage Antworten, dass es vielleicht besser sei, sich nicht ganz in die Umgebung einzunisten. Sie sollten ihren Lebensatem nicht auf die Aussicht auf sanfte Hügel, auf ockerfarbene Häuser und auf dazwischenstehende Zypressen oder Platanen richten, die Geräusche seien nicht ihre Geräusche, und wenn die Köchin »la ciritella« sang und sie beide mitsangen, klang es für sie als trügen sie Ohrklappen. Sie konnten sich nie ganz gehen lassen, dafür hätten sie sich auch mit anderen italienischen Knaben treffen müssen. Ohne, dass er es richtig zur Idee bringen konnte – er hätte nicht die passenden Worte gefunden –, fühlte sich Erich in einer unsichtbaren Hülle stecken. Er tanzte wie auf einem Bein, er war fünfzehn und schon verdammt.

Die ersten Wochen gewöhnte er sich an die überraschende Landschaft, deutlich im hohen, durchsichtigen Licht, dachte er an nichts mehr. Das alltäglich Neue beschäftigte ihn ganz.

Die Eltern und das Elternhaus waren in den Hintergrund geraten. Rasch aber hatte er von der Mauer des Landsitzes aus gemerkt, dass ab und zu Carabinieri vor der Villa, wo sie wohnten, hielten und hineinkamen; vielleicht hatte das irgendwie mit den Eltern oder der Herkunft zu tun, und wieder war in ihm die Enge, die ihn einschnürte.

Er konnte sich nicht in die Bilder hineingleiten lassen, die ihm kamen. Die hohe, leichte Luft Italiens,

das Licht, so klar, dass es die Entfernungen heran-
rückte, hatten ihn scheinbar gleichgültig gelassen. Jeder Augenblick sollte eine Erwartung, jeder Augenblick sollte eine Aussicht auf Kommendes sein, auf
das Noch-nicht. Was noch aussteht, ist der Inhalt
jedes Moments und gerade dessen war er nie sicher.

Er lebte so weit vom kleinen Bruder entfernt wie
nur möglich. Der redete oder heulte unaufhörlich, er
hatte ihn immer vor den Beinen, wenn sie zusammen
waren und kam dazwischen, wenn er bastelte, was er
sehr gerne hatte, oder wenn er in der Umgebung etwas Neues entdeckte. Ihn ärgerte die wortreiche Begeisterung des kleinen Bruders, die er künstlich fand,
reichlich übertrieben, zum Gefallen der Leute, die
sie aufgenommen hatten und die er nicht mochte; sie
hießen Binswanger, die Dame war sehr modern, trug
Hosen, was ihn schockierte, sie war die Tochter eines
der ersten Flieger Deutschlands, sie machte alles sofort
und ließ keine Zeit zum Nachdenken, sie vertrug sich
besonders gut mit dem Bruder, der sich für die Bau-
kunst begeisterte, die er in den dicken Geschichtsbü-
chern der Eltern entdeckt hatte. Er zeichnete Kirchen
mit hohen Türmen. Der Mann, Paul Binswanger, kam
aus Frankfurt, als Nicht-Arier hatte er seine Stelle
als Professor verloren, er schrieb Bücher, und beide
Knaben wussten schon, dass er über Wilhelm von

Humboldt geschrieben hatte, ein klingender, schöner Name, der sich auch beruhigend anhörte.

Aber es wurde wieder von Terminen gesprochen, ob man bleiben könne. Am 13. März 1938 war der Anschluss gewesen, Österreich war kein freies Land mehr; das wusste doch jedes Kind. Schon im Juli war die Unsicherheit erneut zu spüren, im November sprachen die Binswangers von Neuseeland, wohin sie die beiden Knaben mitnehmen wollten. Es sollte eine vierwöchige Seereise werden.

Erich ließ sich alles gefallen, er hatte sich wieder in sich selbst zurückgezogen und verschlossen, doch er sah genau, was kommen würde. Die Abhängigkeit von ihm eigentlich unbekannten Erwachsenen war ihm unerträglich, es war ihm wie eine Wunde, die jedes Mal erneut aufgeschürft wurde. Daher konnte er sehr leicht beleidigend und beleidigt sein, es kroch ihm den Rücken hinauf, ein unaussprechliches Unwohlsein beim Gedanken, er sei irgendjemandem verpflichtet, der sich um ihn kümmere. Er war keinem verpflichtet, der für sein Leben aufkommen wollte, vor allem nicht den Binswangers, die mit dem Bruder großtun und seiner verlogenen Begeisterung zu glauben schienen.

Auf einmal war er dennoch gegenüber dem Bruder voller Zärtlichkeit gewesen, denn er war doch der Einzige, mit dem er ein Schicksal teilen würde. Weihnachten kam immer näher, ein Weihnachten ohne Schnee und Tannenbaum. Auf einmal fühlte er sich innigst mit dem kleinen Bruder verbunden, er war das, was noch von zu Hause geblieben war, er trug alles mit sich, die Stimmen der Eltern, das Rauschen der Buchen im Garten, er war das alles und doch konnte er ihn kaum ertragen, der sich nie benahm, wie man es von ihm erwartete.

Mit den Eltern war vereinbart worden, dass er ein wenig Taschengeld bekommen sollte, einige Lire in der Woche. Er war ganz alleine mit dem Trolleybus in die Stadt gefahren und hatte in der Nähe des Duomo eine kleine Nachbildung aus Bronzeharz für die Bescherung des kleinen Bruders am Weihnachtsabend erworben.

So hielt er bronzefarben in der Hand, was da so riesig weiß-schwarz und ziegelkuppelig vor ihm stand, so groß, dass es gebirgsartig in die Höhe ragte. Das ganze Kirchenschiff samt Kuppel und Campanile wurde ihm in Papier eingewickelt und er fuhr zurück und trug es vorsichtig vor sich her, damit der Campanile nicht abbreche.

Es wurde ein wenig wehmütig gefeiert. Sie standen alle vor einem neuen Abschied, vor einer neuen Trennung. Hoffnung auf eine Festigung in der schon vertrauten, hügeligen, offenen Landschaft hatte es nicht gegeben, aber heimlich bestand dahinter doch die Erwartung, alles könnte sich ändern und die Trennung wäre nicht gewesen.

Die Eltern hatten Neuseeland zu weit entfernt gefunden, sie waren sicher, ihre Kinder dann nicht wiederzusehen. Den kleinen Bruder, der doch so sehr an seiner Mutter hing, hatte das gewundert, in Neuseeland war man so weit weg von der Hitlerei, dass nichts zu fürchten sei. Er wäre gerne mit Binswangers dorthin gefahren. Nun wurde von Frankreich geredet, es hatte sich eine sehr reiche Verwandte bei den Eltern gemeldet, die sich der Jungen annehmen wollte.

Die letzten Tage wurde in Florenz hin und her gelaufen und Erich fühlte die senkrechte Platte, die er seit der Abfahrt von zu Hause in sich hatte, tiefer hinuntersacken. Im französischen Konsulat wurde ihnen auf Pässen ohne »J« ein Touristenvisum ausgestellt.

Auf einmal waren Binswangers nicht mehr da, sie hatten sich nicht verabschiedet, um den Kummer der Kinder nicht noch zu vergrößern. Drei Tage lang blieben die beiden Knaben in der Via Cernaia, sie durften nicht auf die Straße, es war der März 1939 und die Gestapo-Schergen suchten in Italien nach

Flüchtlingen. Aus einem Fenster der Wohnung sah er, es war Ende Februar, die weißgelben Banner des Vatikans an den Fassaden hängen, ein Zeichen der Trauer nach der vermuteten Ermordung des Papstes durch die deutsche Gestapo. Pius XI. hatte in einer Enzyklika, deren Titel »Mit brennender Sorge ...« Erich schon kannte, gegen die Verfolgung der Juden gesprochen.

Bei den Leuten, die sie nach der Abreise der Binswangers aufgenommen hatten, gab es einen Atlas, auf dem er sich Frankreich ansah. Die Form des Landes wunderte ihn, wie ein Viereck öffnete es sich zu mehreren Meeren zugleich. Man trug da Baskenmützen und sein Brot unter dem Arm und trank Wein aus Krügen, die man sich vor den Mund hielt. Vielleicht gab es Möglichkeiten, sich zu befreien. Aber ans Ausreißen hat er nie gedacht, wohin hätte er wohl kommen können?

Er lebte neben den anderen, ohne ihnen anzugehören. Ihm war sonst alles überdeutlich, er wusste genau, was in ihm vorging, nur, dass er ausgesperrt war aus allem, was zu ihm gehört hätte, von dem er aber nicht genau wusste, wie es gewesen wäre: Hatte er die falschen Eltern gehabt? Hätte er anders in Deutschland geboren werden sollen? Er hätte der damaligen deutschen Jugend gerne angehört, am liebsten wäre er der HJ beigetreten; er hätte den Wimpel getragen, vielleicht sogar die Standarte, er hätte dazu gehört, war nun aber der Herkunft wegen ausgeschlossen. Seine Herkunft war ihm verhasst; warum durfte er nicht wie die anderen Deutscher sein? Er wäre wie alle anderen aufgetreten und spürte an sich die kurze Hose über den nackten Schenkeln. Er fühlte die Spannung, die in ihm gewesen wäre, auf Fahrten durch den hohen Wald. Er hätte im Zelt geschlafen. All die Zukunft, die er in sich hatte, entwickelte sich ohne ihn, jede Sekunde davon blieb ungeschehen. Was sein sollte, ist verfehlt, in sich gehäuft und nicht abgerollt. Eingereiht in eine Gruppe brauchte er sich nicht mehr zu suchen, jetzt war er aber abgehängt, er konnte sich in keine Zukunft hineindenken. Er wusste es, er gehörte verboten und doch fühlte er nichts davon in sich. Nun durfte er sich nicht einmal mehr auf der Straße zeigen, sein Italienisch war noch zu dürftig, als dass es nicht aufgefallen wäre: ein junger Deutscher so alleine auf der Straße, man hätte Fragen gestellt, ob er doch nicht auch ein solcher sei?

Nun kam der letzte Tag, der 17. März 1939. Obgleich die Stazione Centrale nicht weit entfernt war, wurde Taxi gefahren wegen des großen Korbkoffers, in dem alle Schätze der beiden Knaben verstaut waren, unter anderem der bronzene Duomo, über den sich Jürgen-Arthur so sehr gefreut hatte. Sie bekamen für die Reise ein mageres Stück Hühnchen in einem schicken Pappkarton. Sobald der Zug den Bahnhof verlassen hatte, überfiel ihn der bekannte Druck in der Brust, der die Mitte bildete, um die alles kreiste. Er hatte sich in Florenz in einer noch so vorläufigen Landschaft Sehwege und Orte eingerichtet und das war nun auch wieder verloren. Ob er noch einmal Festpunkte finden würde?

Sie fuhren nun durch eine weite Ebene, ganz anders als die hügelige Toskana. Es war die von Pappelreihen durchzogene Po-Ebene, dahinter, das hatte er sich genau auf dem Atlas angesehen, lagen die Alpen, wo die Kusine wohnte, die sie aufnehmen würde. Da sie sehr reich war, stellte sich Erich ihre vornehme Villa vor, wo er vielleicht ein Zimmer für sich allein, endlich ohne den Bruder, haben würde. Es schwirrte ihm durch den Kopf. Aber darunter unaufhörlich die Frage: ob die uns über die Grenze lassen. Erst im Bergbahnhof Modane würden sie in Sicherheit sein. Es sollte hinter einem sehr langen Tunnel liegen. Wie denn Frankreich, das Land, wo man frei war, aussehen würde? Er atmete schwer, er ahnte, was sein würde: Hinter Stacheldraht würde er mit unzähligen anderen warten und man würde ihn nach Osten bringen, einzig, weil er das war, was er auf keinen Fall sein wollte, er gehörte nicht zu den Untertanen, zu den Minderwertigen, von denen die Rede war. Er war vor allem kein Jude. Hass in sich hatte er reichlich, aber gegen wen denn ihn auslassen? Die Juden, hinter denen war man immer her, wie sollte er dazugehören?

In der Ferne erschien nun die hellblaue Alpenkette, die den Rand des Horizonts von rechts nach links einnahm und bald die ganze Landschaft umfasste. Das Tal wurde immer enger und die Abhänge schroff und steil.

Die Angst ließ nicht von ihm ab, vor Modane schlossen beide Knaben die Augen, der kleine machte es dem großen nach. Sie fühlten beide nur ihre Kopfform von innen, sonst nichts; Uniformen, zwei Stimmen, einer wollte sie nicht durchlassen, die beiden Reisepässe, ein wenig schräg übereinander zurückgereicht. Die Abteiltür ging wieder auf, diesmal waren es französische Zöllner, die beiden Knaben lächelten sie an, von denen hatten sie nun nichts zu befürchten, sie sahen schön aus in ihren dunkelblauen Uniformen. Dann kam der unendlich lange Tunnel, es war Frankreich, sie waren allein im Abteil. Vor Erleichterung fingen sie zu lachen an und konnten nicht mehr aufhören.

Zum Erstaunen der beiden Knaben, die aus dem schon grünenden Florenz kamen, lag noch Schnee an den Abhängen. Die Grassträhnen, die ganz nahe an den Felsen herunterhingen, waren vergilbt und leblos. Bald wurde das Tal breiter und die steilen Berge standen da ungeheuer. Sie sahen zum ersten Mal Frankreich und alles war anders, die Häuser, die Läden an der Straße, die ein kurzes Stück neben dem Gleis verlief.

Den Namen der Station, wo sie aussteigen sollten, hatten sie sich gemerkt, und Erich als Fünfzehnjähriger sollte nichts mehr vergessen: Chambéry, ihn wunderte das kleine Geschnörkel auf dem e. Das war eine erste Überraschung der neuen Sprache, von der es unzählige geben würde. Sie wussten beide, dass sie sich in sie hineinstürzen würden, sie konnten es gar nicht anders. Erich sprach von der reichen Kusine, die sie am Bahnhof erwarte, sie selbst hatte ihnen in einem sonderbaren Deutsch geschrieben. Er sollte bei ihr wohnen, sicher. Das war doch selbstverständlich. In Italien war es doch ungefähr so wie bei den Eltern gewesen, vielleicht bekäme er ein Zimmer ganz für sich, ohne den Bruder.

Nicht die Kusine stand am Bahnhof, nur der Chauffeur, der sie in Empfang nahm; der ganze Bahnhof war im Bilde. Der Gepäckträger nahm den kleinen Bruder auf den Arm und sagte »Hitler caca«, die hatten also alles kapiert. Sie wurden im Hotel gegenüber in ein großes Zimmer mit zwei Fenstern gebracht, aus dem man Aussicht auf die ganze Alpenkette hatte in der rot untergehenden Sonne. Am nächsten Morgen wurden sie in einem großen, langen Wagen zur Kusine in die Berge hinaufgefahren, es wurde immer steiler und bald lag wieder tiefer Schnee. Die Knaben schwiegen und blickten um sich. Sie fühlten eine unbestimmte, nicht bedrohliche Zukunft heraufkommen, der Angstdruck auf der Brust hatte sich gelöst und fiel auf den Magen. Plötzlich wurde es flach, mit laut angezogener Handbremse hielt der Wagen, und der Chauffeur öffnete ihnen den Schlag.

Unter hohem, sich ins Unendliche ausbreitendem Himmel lag tief unten ein weites Tal und vor ihnen stand eine vornehme weißgekleidete Dame. »Guten Tag, meine Kinder, sie kommen in die Schule hier«, und zeigte auf das Dach, das sich auf der anderen Seite der Straße erhob.

Die Kusine ging mit den beiden Jungen ein kurzes Stück auf der Straße, von der bald ein schmaler Gebirgsweg abbog und zu einem sehr großen Chalet führte, das wie an die Felsenwand geklebt dastand und das man von der Straße kaum sehen konnte. Vor dem Windfang standen zwei andere Frauen, eine kleinere, schwarzhaarige und eine viel jüngere blonde. Die Kusine gab jedem der beiden einen Kuss und ging mit der Schwarzhaarigen eine Treppe hinunter, während die Blonde sie heranwinkte und mit ihnen im Haus eine Treppe hinaufging. Erich kam in einen Schlafsaal mit vier Betten und Jürgen-Arthur ins Nebenzimmer. Auf Deutsch sagte die Blonde, sie sollten ein wenig warten, man kümmere sich sofort um sie. Erich setzte sich aufs Bett und fing an zu weinen, wie ihn Jürgen-Arthur noch nie weinen gehört hatte, ein herzzerreißendes Schluchzen, das immer lauter wurde, ihm rannen die Tränen die Wangen herunter, die Verzweiflung verzerrte ihm das Gesicht.

Die Kusine und die andere Dame kamen herauf und versuchten, ihn zu trösten, sodass Jürgen-Arthur auch etwas von diesem Trost haben wollte.

So verlief der erste Tag des zweiten Exils.

Erich hatte kaum angefangen, sich in Italien einzugewöhnen, als er wieder von vorne anfangen musste; er hatte keine Landschaft für sich, nichts, dem er sich anvertrauen könnte. Verzweifelt geweint hatte er nicht nur vor Heimweh, sondern wie er es dem kleinen Bruder gestand: »Ich dachte, wir sollten bei der reichen Kusine wohnen und nicht in diesem verdammten Heim.« Er schämte sich so sehr, dass sich sein ganzer Körper in ihm umkrempelte, es war ihm, als wäre er irgendwo zur Schau ausgestellt, es war ihm, als wüssten alle von seinem Größenwahn, von seiner Anmaßung. Dafür, dass es nicht so war, wie er es sich gedacht hatte, dass er nicht würdig genug empfangen wurde, dafür hatte sich die Kusine zu schämen, die ihn aufgenommen hatte. Er fühlte nur Abscheu, er hatte sich für wichtiger gehalten als er war, Schlimmeres konnte ihm nicht passieren. Er war sich selber verhasst und dazu auch noch die verdammte Herkunft! Er ging wie auf Stelzen durch die Landschaft.

Es galt, sich in das neue Land hineinzugewöhnen, vielleicht könnte man da die steckengebliebene Zukunftserforschung weiterführen, es musste das Intimste miterlebt werden, die Gerüche, die Geräusche, auch wie die Briefmarken aussahen, was man zu essen bekam, wie sich die Menschen benahmen. Er war um seine Zukunft betrogen worden, er musste sich eine neue erschaffen. In der illustrierten Zeitschrift entdeckte er die französischen Zustände und die Hauptwörter unter den Fotografien, deren Sinn er nach und nach erfasste.

Es waren seine ersten Internatstage im Collège Florimontane, wo er fünf Jahre bleiben sollte und der Bruder acht. Es war eine Privatanstalt für Pariser

Jünglinge aus betuchten Verhältnissen, die nicht einmal aggressiv, eher gleichgültig waren.

Der 1. September 1939 kam sehr rasch, Erich hatte kaum Zeit gehabt, sich neu einzuleben, als die Bedrückung wieder einsetzte. Er war groß genug, um zu empfinden, was geschah. Schon im August hatte es den Vertrag zwischen Hitler und Stalin gegeben, der zeigte, dass es keinen Ausweg mehr gab, wenn nicht die Franzosen Hitler besiegten. Was seine französischen Mitschüler scheinbar gleichgültig ließ, bedrängte ihn besonders, er ahnte, er würde die Eltern nicht wiedersehen. Ein Gewicht lag wieder auf ihm, es lastete überall, er fühlte es bis in den Bauch.

Alles war nun vom Krieg überdeckt, er war überall gegenwärtig, bis in die Landschaft hinein; Krieg war in den Wiesen, den Bäumen, den Häusern und gerade in den Stimmen der Menschen.

Die Dame mit den schwarzen Haaren war die Direktorin des Internats. Sie versammelte die dreißig anwesenden Schüler im Gemeinschaftszimmer und sprach mit ganz veränderter Stimme. Frankreich war in Gefahr, es war aber dank der Siegfriedlinie, einer Reihe von Festungen entlang der Grenze, gegen die deutsche Invasion geschützt.

Nach einigen Wochen geschah das Ungeheure, Unvorstellbare: Am 10. Mai war die Untergangsdrohung Wirklichkeit geworden, als Fünfzehnjähriger, ohne die Einzelheiten zu kennen oder zu verstehen, war er sich bewusst, dass mit den Nazideutschen auf französischem Boden die Nacht eingebrochen war, dass es das endgültige Ende war all dessen, was man lieb hatte. Er dachte an die Eltern, die in der Gefahr lebten, mitten im Druck von allen Seiten, wo es keinen einzigen Ort mehr gab, an dem man aufatmen und sich in Sicherheit fühlen konnte.

Erich fühlte sich geborgen im Schutz der französischen Generäle, die so schöne hohe runde Mützen trugen mit vergoldetem Eichenlaub als Mützenband, sie wandelten in großen Räumen mit hohen Fenstern und kommandierten ganze Armeen. Nur, was ihm nicht gefiel, das waren die französischen Helme, die nicht den Nacken beschützten, die deutschen Uniformen waren doch schöner; er bewunderte die technischen Leistungen der Deutschen, die ja die Autobahnen hatten und den Zeppelin. Die deutschen Panzer, das sah er auf den Fotos, fuhren durch noch nicht geerntete französische Getreidefelder. Er fühlte zugleich Beklommenheit und Stolz. Frankreich hatte ihn aufgenommen und musste sich nun gegen sein Herkunftsland wehren, er schämte sich, dass er die deutschen Erfolge bewunderte und sie ihn zugleich entsetzten.

Er hatte sich rasch eingelebt, das Internatsleben schien ihn wenig zu stören, die Zeiteinteilung war ein Rahmen, in dem er sich einrichten konnte. Vom Krieg merkte man nichts, es wurden sogar Ausflüge ins Gebirge unternommen, er sah den Mont Blanc, den riesigen, schneebedeckten Berg, der den gleichen Namen trug wie der ersehnte Füllfederhalter. Sie wurden beide mehrmals in das Chalet der reichen Kusine eingeladen, wobei er seinen Unmut zeigte und dem kleinen Bruder die Freude vergällte.

Aber schon mit den ersten Maitagen entstand im Internat eine sonderbare Unruhe, es kamen neue verstörte Kinder an und andere waren plötzlich nicht mehr da. Immer wieder hörte man die Kurbel des Telefons und oft unbekannte Stimmen, die im Büro der Direktorin irgendeine Pariser Telefonnummer verlangten, wie SEG O7 15 oder ODE 27 12.

Erich stellte sich Paris vor mit der Metro, dem Eiffelturm, den großen Hotels, da wollte er hin. Es lag irgendwo ein wenig nach links, sehr weit weg, der Zug brauchte eine ganze Nacht.

Im Windfang am Eingang des Internats wurden Koffer abgeladen und andere wieder mitgenommen. Reiche Eltern, die ihre Kinder aus Bequemlichkeit einfach abgesetzt hatten, kamen nun und holten sie wegen des Krieges ab, während andere sie eben deshalb brachten.

Eines Morgens beim Frühstück wurde gemurmelt, geflüstert, hinter vorgehaltener Hand gesprochen: Das Unvorstellbare, das Einzige, das Erich für unmöglich gehalten hatte, war geschehen: Die Deutschen waren in Paris, sie hielten Paris besetzt. Er wurde wieder eingeholt von dieser Drohung, vor der man ihn hatte beschützen wollen. Diese Uniformen, die er so passend gefunden hatte, diese Helme, die so viel besser waren als die französischen, die standen jetzt allem im Wege. Bisher hatte er versucht, nicht verstehen zu müssen. Das Unwohlsein drückte ihm die Brust zu.

Er gehörte also zu dem Volk, das in den Krieg gegen andere zog, andere Länder überfiel, von wo Menschen, weil sie geboren wurden, fliehen mussten oder verhaftet wurden. Die Deutschen waren also diese gewalttätige und zähe Masse, die alles zerstampfte, zertrat, zerbrach, eine stramme, korrekte Mörderhorde, wie sie von älteren Franzosen oft beschrieben wurde.

Die Erinnerung an den Ersten Weltkrieg, der seit kaum zwanzig Jahren vorbei war und Frankreich hatte bluten lassen, war so lebendig, als sollte er noch Gegenwart sein, und tatsächlich war er Gegenwart und das fühlte man durch alles durch; die Nahrung schmeckte anders, als sei sie mit einer Schicht bedeckt. Draußen meinte man, von Weitem das Dröhnen der Geschütze zu hören, im Haus wurden die Fenster blau angestrichen für die »défense passive«, den Luftschutz.

Im Dorf wurden Plakate angebracht: »Les murs ont des oreilles« (die Mauern haben Ohren) oder »L'ennemi vous écoute« (Der Feind hört mit).

Er war groß genug, um zu fühlen, wie nun alles von jener grauen Schicht bedeckt war, die über allem lastete und nichts durchließ. Ein Radio stand auf einer Truhe im Gemeinschaftssaal, aus dem man die Nachrichten hörte. Das Radio sprach oft davon, was ihn aber sehr erstaunte, war, dass die Regierung Paris aufgegeben hatte und nach Bordeaux geflüchtet war. Von Bordeaux wusste er, dass es wie Hamburg an der Mündung des Flusses lag, der ab Bordeaux, wie die Elbe ab Hamburg, immer breiter wurde und auf der Karte auch wie ein Strumpf aussah, aber von Bordeaux an Gironde hieß und nicht mehr Garonne. Der Präsident der Republik hieß Albert Lebrun und der Regierungschef Paul Reynaud.

Es wurde viel von der »retraite élastique«, vom beweglichen Rückzug, geredet, der leider nicht mehr elastisch war, und so erfuhr er von dem Waffenstillstand am 22. Juni 1940. Der Marschall Pétain ersetzte Paul Reynaud als Präsident. Im Radio sagte er, man müsse zu kämpfen aufhören. Seine zitternde, wie auswendig heruntergeleierte Stimme klang süßlich verräterisch. Die Niederlage seiner Heimat war für ihn anscheinend selbstverständlich. Es blieb unbegreiflich, dass Frankreich geschlagen sein konnte. Paris in den Händen der Wehrmacht, eine Gegenwelt war an die Stelle der eigentlichen getreten.

So ungeheuer das Ereignis auch war, wurde es rasch vor lauter Alltäglichem vergessen, blieb aber der Hintergrund jeder noch so kleinen Begebenheit, die Dinge kamen anders an ihn heran als bisher. Jetzt, wo er die Sprache verstand, in wenigen Monaten hatte er das Wesentliche erfasst, gingen ihn die Geschehnisse immer mehr an. Die Sache Frankreichs wurde seine Sache. Er wusste die Namen der neunzig Départements auswendig, in welche Frankreich aufgeteilt ist, mit sämtlichen Präfekturen und Unterpräfekturen.

In den ersten Junitagen hatte die Direktorin, Marie-José Lucas, bei Tisch von den Verdiensten des Marschalls gesprochen. Erich hatte sich gewundert, denn dieser wichtigste Feldherr hatte die Niederlage anscheinend in Kauf genommen und dabei, wie schon allgemein bekannt, hatten die deutschen Stukas die Flüchtlinge absichtlich auf den Landstraßen niedergemäht und gewartet, bis die Brücken über der Loire voll von Flüchtlingen waren, um sie dann zu bombardieren. Erich erstaunte es keineswegs, dass die Nazis weder die Gesetze noch irgendwelche Regeln achten würden, von Mitgefühl ganz zu schweigen, das wusste er genau. Sehr bald erfuhr man durch das Hören des Schweizer Radio Sottens von de Gaulle, der in London war und Frankreich verkörperte und eine Exilregierung gebildet hatte. Da die Schweiz neutral blieb, konnten die Deutschen das Radio nicht kontrollieren.

Sofort hatte er verstanden: De Gaulle war die Stimme Frankreichs und nicht der greise Pétain. De Gaulle, das war der Kampf gegen das Nazijoch, das nun fast ganz Europa unterdrückte und nur Ausbeutung und Morden bedeutete.

Von den Eltern kamen noch Briefe, voll Liebe und vorgetäuschter Sicherheit, wo doch die beiden Knaben die Wirklichkeit ahnten. Sehr rasch bekam das Internatsleben doch die Oberhand, Heimwehschutz war das Wichtigste und Erich wollte dem Heimweh unbedingt nicht verfallen.

Der kleine Bruder aber drängte ihn ständig ins Heimweh zurück, da er ununterbrochen heulte und sich vor Schmerz krümmte, er stieß Seufzer aus und war ein Unglücksbündel, dazu ein miserabler Schüler, der nichts lernte, aber sofort alles verstand und behielt, nur keinen einzigen Vers auswendig konnte und deswegen unzählige Prügel bekam. Wegen seines ständigen Keifens konnten ihn die anderen nicht ertragen und piesackten ihn so viel sie konnten, ohne Unterlass. Da er aber nie petzte, nahmen sie ihn dennoch in Schutz und verteidigten ihn.

Erich brauchte etwas, das ihn davon abbringen würde: Das Heimweh bohrte in einen herein, so tief, dass man staunte, so weit in sich selber zu reichen. Das Heimweh ist ständig dabei, lässt einen nicht los, es kann zwar an den Rand gedrängt werden, hängt aber ununterbrochen an der Wand.

Den Leerraum füllte er mit Lernwut, nach wenigen Monaten konnte man ihn für einen jungen Franzosen halten, er sprach sogar mit savoyischem Akzent. Unter den dreißig Schülern waren drei Abiturienten, er wollte es ihnen gleichtun, und so wurde er vom Alltag wieder eingefangen. Jede Gelegenheit war gut, um das Heimweh zu überdecken, er sprach mit den Mitschülern, die meist nicht sehr daran interessiert waren, oder an Pétain, den Sieger von Verdun, glaubten.

Die beiden Savoyen und die Alpen wurden von den Italienern besetzt, die niemandem ein Haar krümmten und nicht einmal gehasst wurden.

Erich war gerade sechzehn geworden und zweifelte keinen Augenblick an seiner Zugehörigkeit zu Frankreich. Es wurde von Tag zu Tag enger um ihn, obgleich, wie er meinte, es ihn und den kleinen Bruder nicht betraf. Er hörte jedoch immer öfter von der Suche nach Juden, die nun vogelfrei waren, von Konzentrationslagern und vom Status der Juden, der von der französischen Regierung eingerichtet wurde, den Deutschen zum Gefallen. Je mehr er versuchte, einer der Besten zu sein – und seine Sprachkenntnisse erweiterten sich jeden Tag –, desto mehr fühlte er sich bedroht, umringt. Keiner der Mitschüler spielte auf seine Herkunft an, aber die stand stets zwischen ihnen. Er schämte sich, wenn er davon sprechen hörte und fühlte sich schuldig. Wo der kleine Bruder ständig auffiel, alles falsch machte und gerügt und bestraft wurde, gab es nur Lob und Anerkennung für Erich, der sich möglichst fern vom jüngeren Bruder hielt. Er war viel zu selbstsicher, um sich eine Blöße zu geben. Man enthielt sich ihm gegenüber wohl jeder vielleicht ein wenig abschätzigen Bemerkung, weil man an ihm eine verhaltene Gewalt fühlte. Er beklagte sich nie, er empfand das als ordinär, er meinte, er gehöre einer Art Elite an, er dachte, er habe sich auf jeden Fall tadellos zu betragen. So war er unter den anderen nicht beliebt, aber er war vertrauenswürdig.

Die Zeit verging und die Tage wurden grau, die Restriktionen wurden verschärft, 1941 gab es 360 Gramm Brot pro Tag und 250 Gramm Fett pro Monat und die Kinderheime konnten nichts vom Schwarzmarkt bekommen. Obgleich die Schüler meistens aus wohlhabenden Familien stammten, konnte die Direktorin von den Eltern keinen Zuschuss für den Schwarzmarkt verlangen, sodass die Kinder nun immer Hunger hatten.

Das Essen wurde zur Obsession, in vollem Wachstum dachte Erich an nichts anderes mehr, bis auf einmal wieder Lastwagen anfuhren voll Kartoffeln für Monate.

Im Gedächtnis bilden die Jahre 1941 bis 1942 eine monotone Zeitfläche, aus der nur Schulspaziergänge in die Nachmittagslandschaft auf der Bergstraße herausragen, die am Rand des Hochplateaus eine kaum vorstellbare Aussicht auf grandiose Gebirgsketten gewährte, Berge in allen möglichen Formen, Apsiden, Kuppeln, Klippen oder Kegeln. Davor breitete sich das weite Tal, über das man vom hohen Balkon des Internats aus endlose Augenfahrten unternehmen konnte, von Abhang zu Abhang, von Gipfel zu Gipfel, ohne dessen müde zu werden.

Am 24. Oktober aber wurde er abermals aus dem Alltag in die Geschichte geworfen; an diesem Tag war alles nun überdeutlich geworden, keiner konnte mehr sagen, er hätte keine Meinung: Pétain hatte im Bahnhof von Montoire Hitler die Hand gedrückt und die »Collaboration«, die Unterwerfung Frankreichs unter den deutschen Nationalsozialismus, öffentlich gutgeheißen und bejaht. Frankreich war zweigeteilt. Es gab die okkupierte Zone und die freie Zone, die erste schloss den ganzen Nordteil des Landes ein und die zweite den Süden, allerdings ohne die ganze Atlantikküste mit Bordeaux.

Das Treffen von Montoire änderte schlagartig die Haltung der noch unentschiedenen Franzosen, die noch glaubten, Pétain versuche, um die Nazi-okkupanten herumzulavieren. Von nun an hatten sie keinen Zweifel mehr, Pétain hatte Frankreich an die Deutschen verraten und der Widerstand wurde eine Notwendigkeit, eine Aufgabe, an der sich jeder, der konnte, beteiligen musste. 1940 hatten die Kommunisten Frankreichs noch den Hitler-Stalin-Pakt unterstützt. Als Hitler-Deutschland ihre geistige Heimat, die UdSSR, angriff, konnten sie nicht mehr anders, als sich der Résistance anzuschließen, die seit 1941 aktiv war. Hinzu kamen junge Leute, die dem Arbeitsdienst in Deutschland entkommen wollten.

Viele von ihnen versuchten, sich in den französischen Gebirgen zu verstecken.

Von der italienischen Okkupation merkte man nichts. Ein paarmal waren italienische Kolonnen mit Eseln und einzelnen Soldatengruppen vorbeigezogen, die gelangweilt durch das Tal dahintrotteten. Die Juden mussten in der okkupierten Zone einen gelben Stern an der Kleidung tragen. Im italienisch besetzten Gebiet wurden sie vor Hitler und vor dem Vichy-Regime ausdrücklich geschützt. Mehr als 500 jüdische Kinder wurden in den Heimen von Megève untergebracht. Erich dolmetschte für die polnischen Juden, die meistens Jiddisch, also irgendwie Deutsch sprachen. Sie waren von den Italienern in verschiedenen Hotels untergebracht worden, in der Hoffnung, man könne Transporte in die Schweiz organisieren.

Im Juli 1943 konnte Erich sogar noch sein Abitur in Annecy, der schönen Hauptstadt des Départements Haute-Savoie machen, der kleine Bruder wäre so gerne mitgekommen.

Am 8. September 1943 wurde es dunkle Nacht, die Deutschen hatten die Italiener als Besatzer abgelöst und seit dem ersten Tag den Terror eingeführt, Razzien abgehalten bis in entfernte Dörfer, wo sich Juden versteckt halten konnten. Fräulein Lucas, die

Anstaltsdirektorin, bekam es mit der Angst zu tun. Erich hatte keine Angst, seit Jahren hatte er das in sich, seit er die Eltern sagen hörte, die Kinder müssten ins Ausland, am liebsten nach England in eine Public School. Inzwischen hatte er erfahren, dass dort die Schüler noch regelmäßig mit Rohrstock und Rute bestraft wurden. Sein Bruder brauchte dazu gar nicht nach England, er wurde in dieser Beziehung reichlich von der Direktorin bedient. Es war sonderbar, dass Erich gerade daran dachte, und zugleich an Mädchen, die er getroffen hatte, oder an einen vor kurzem unternommenen Ausflug. Das alles kam ihm zugleich, wie es so ist bei großer Spannung. Er merkte plötzlich, dass er seitdem eine ununterbrochene Drohung in sich gespürt hatte, die nicht nur die Brust ergriff, sondern auch den Bauch zudrückte. Die beiden Söhne des sehr weit rechts stehenden Politikers und Gründers der Croix de Feu, Oberst François de La Rocque, schlugen vor, sie in die Dordogne zu bringen, wo man für sie eine sichere Unterkunft finden würde. Die Direktorin brauchte dazu die Einwilligung der Kusine, die gerade nicht zu erreichen war.

Die Sorge wurde stärker als die Erinnerung an die Heimat, es wurde eine leibliche Rechtfertigung, es ging nicht allein um ihn, Erich. Sobald es möglich war, würde er versuchen, sich der Résistance anzuschließen. Er wusste, dass sein Schulfreund André Reussner, der bald in Lyon Medizin studieren sollte, ähnliche Gedanken hegte.*

Von den Gendarmen, manche von ihnen gehörten zur Résistance, erfuhr man, die Deutschen hätten sich ziemlich naiv über das Dorf informiert; sie seien im Dorf und würden bestimmt herauf kommen.

Alle Internatsschüler waren wie benommen, auch sie fühlten sich in Gefahr; zwei andere Brüder, die eigentlich nur zur Erholung da waren, schlugen das Chalet ihrer Eltern als Versteck vor; es lag unten auf der anderen Seite des Tals und war verschlossen und leer, alle Fensterläden seit Wochen zugeklappt. Damit würden die Deutschen nicht ihre schöne Fahndungszeit vergeuden. Mit ihnen sollte sich ein österreichischer Widerstandskämpfer verstecken, der Baron von Versbach, der wie sein Vorgänger, der Baron Joseph von Franckenstein, den Anschluss Österreichs an Nazi-Deutschland nicht akzeptierte und der im Internat Englisch unterrichtete. Joseph von Franckenstein schloss sich dem Widerstand an,

---

* André Reussner wurde 1944 von der kollaborationistischen Miliz Lavals in Lyon erschossen. Vgl. Georges-Arthur Goldschmidt: Über die Flüsse. Autobiographie. Zürich: Ammann 2001 / Frankfurt a. M.: Fischer-Taschenbuch 2003, S. 220–226.

wurde verhaftet und nach Mauthausen deportiert, konnte fliehen und wurde amerikanischer Offizier. Herr von Versbach hatte den Schlüssel zum Chalet. Da es Mondnacht war, mussten sie immer im Schatten bleiben, sie konnten nicht die Abkürzung nehmen, die von überall sichtbar war, vom Dorf aus sah man jeden, der ein- und ausging. Im breiten, baumlosen Talgrund ergriff Erich liebevoll die Hand des kleinen Bruders, der, nun bald sechzehnjährig, sich noch immer kindisch benahm. Er heulte oder redete ununterbrochen, ruhig wurde er nur unter der Strafe, die er unbedingt brauchte und herausforderte, um sich selber zu finden. Er verstand nur Rute und Linealschläge auf die Fingerspitzen. Essensentzug war die einzige Strafe, vor der er sich wirklich fürchtete. Erich kam ihm nie zu Hilfe, die Scham und die Lächerlichkeit, der er sich ausgesetzt hätte, hielt ihn jedes Mal zurück: Mit dem habe ich nichts zu tun.

Er drehte sich diesmal aber ständig um, um nachzusehen, ob der Bruder auch mitkam, denn er war voll Sorge und Liebe für ihn. Sie erreichten bald die ersten Chalets, und Erich, der als einziger einmal da gewesen war, fürchtete, das Haus nicht zu erkennen. In ihm war ein senkrechtes Brett festgenagelt, alles war von erstaunlicher Genauigkeit. Da die Fenster des noch im Bau befindlichen Chalets noch keine

Fensterläden hatten, mussten sie sich auf den Fußboden setzen, um nicht gesehen zu werden. Der Mond schien ins Haus, sie konnten nur die Straße auf halber Höhe des Abhangs sehen. Von rechts, aus dem nahen Dorf, kam Gepolter, wie von Konservendosen, Rufe, Geschrei, vielleicht war eine Razzia im Gang. Erich legte ihm den Arm um die Schulter und sagte dem Bruder, er solle sich nicht fürchten.

Am nächsten Morgen war alles still und ruhig, die Gestapo war nur durchgezogen und hatte alles verfügbare Judenmaterial zusammengerafft und nach Sallanches unten im Arve-Tal abgefahren, zum Weitertransport nach Auschwitz.

Im Dorf hörten sie sagen, die Gestapoleute seien vor die Hotels gefahren, wo die italienische Regierung die in den Süden geflüchteten Juden untergebracht hatte, und hätten sie unter Gelächter in einen Lastwagen zusammengepfercht. Erich, der öfter ins Dorf hinunterging, um beim Einkaufen zu helfen, hatte sie ab und zu gesehen, meistens ältere Menschen, oft mit verstörtem Blick, die einen anschauten, ohne jemanden zu sehen. Zu zweit gingen sie in abgeschabten Pelzkragen oder alten, verblichenen Kleidern. Was sie anhatten, war wie in Eile angezogen, mit schnell über den Gürtel gekrempelten Hosen oder nicht richtig sitzendem Rock. Man sah ihnen die Unruhe, die Unsicherheit an, in der sie lebten. Die Angst hatte sich eingerichtet, sie zementierte den ganzen Körper, man selbst war nur noch die Schale ringsherum. Die Beine versteiften sich ihm beim Gehen, und er fühlte sich noch lächerlicher als sonst. Er wusste, auch das würde er lebenslang mitschleppen. Es wird immer dabei sein. Wird er mit jemandem etwas unternehmen, mit einem Mädchen flirten, sofort sieht er sich auf dem Fußboden kauernd – eine miserable Gestalt, die doch nur Verachtung hervorrufen kann.

Herr von Versbach verabschiedete sich kurz und war verschwunden; erst viel später erfuhr man, dass er in Lyon im Widerstand war und von der Miliz verhaftet, den Deutschen, vielleicht Klaus Barbie, übergeben und zum Tode verurteilt worden war, aber durch die Befreiung von Lyon gerettet wurde.

Sie gingen durch das Dorf; sie waren irgendwelche, keiner bemerkte sie. Von der Straße bogen sie in die Abkürzung ein, die sofort so steil war, dass man sich an die Tannenwurzeln oder die Felsvorsprünge klammern musste. Auf Höhe des Felsrückens konnten sie das Internat sehen, das über ihnen aufragte und unter den Wolken auf sie zu stürzen schien. Von dort waren sie nun auch für alle sichtbar. Sie gingen schweigend hinauf und erst, als es aufhörte, steil zu sein, fing der kleine Bruder mit seinem Redeschwall wieder an: »Maul!«, schrie ihn der größere an und Jürgen-Arthur brach in Tränen aus und sagte verzweifelt, noch unter der Nachwirkung: »Du warst doch so lieb zu mir.«

Sie kamen noch gerade richtig zum kriegssspärlichen Frühstück, und Fräulein Lucas gab beiden, im Büro, wo Jürgen-Arthur sonst so oft bestraft wurde, ein zusätzliches Butterbrot, weil sie doch solche Angst gehabt hatten; Erich genierte das abermals, und wieder fühlte er sich beschämt, dass man ihm etwas schenkte. Er bedankte sich kaum, im Gegensatz zum kleinen Bruder, der sie immer mit Ehrfurcht und liebevoll ergebener Stimme anredete; sie strafte ihn oft. So wusste er über sich selbst Bescheid. Erich musste sich in sich verschließen, er durfte sich nicht überraschen lassen. Er hatte sich gestählt, verhärtet, und hatte sich nie an Internatsliebschaften beteiligt, denen sich Jürgen-Arthur seit einigen Wochen so leidenschaftlich hingab und deren immer schärferen Preis er, unter der Rute der Direktorin, gerne beglich, als sei das ein Ausweg. Er schien noch nicht richtig verstanden zu haben, was auf dem Spiel stand und dachte, man wäre wegen seiner »bösen Gewohnheiten« hinter ihm her.

Alles trennte die beiden Brüder voneinander, der ältere war besonnen, vernünftig, aber empfand alles

viel tiefer und eindringlicher als der entweder begeisterte oder untröstliche Jürgen-Arthur. Aber verbunden waren sie durch das gemeinsame Schicksal,
durch die Erinnerungen und die Erwartung.

Am Abend schlug die Köchin sonderbarerweise
vor, sich unter ihrem breiten Bett im Kellerzimmer
zu verstecken. Marie-José Lucas wies sie schroff
ab. Die beiden fanden das auch grotesk und lebens-
gefährlich. Ein solcher Vorschlag wunderte sie.

Des Morgens zwei Tage später war gerade Mathe-
matikstunde für die fünf Tertianer, unter ihnen
Jürgen-Arthur, der plötzlich alles verstand, als
Fräulein Lucas hereinstürzte, ihn zur Tür hinaus-
drängte, wo er den Deutschen begegnete, die ihn und
seinen Bruder abholen kamen, sie aber nicht fanden
oder ignorierten.* Erst im November 1944, Savoyen war schon seit Wochen durch den Widerstand
von der deutschen Besatzung befreit, erfuhr man,
dass die Köchin, Frau Cognard aus der Gegend um
Paris, sie alle drei für 300 Francs denunziert hatte.
Die Kollaborateure waren meistens Angsthasen und
Profiteure oder Denunzianten, die irgendeinen Vor-

* Dies wurde schon erzählt in: G.-A. Goldschmidt: Über
die Flüsse, S. 203–206.

teil erwarteten. Im besetzten Frankreich gab es nur wenige Überzeugungstäter. Unter der Nazifuchtel war das Land zu einem riesigen Konzentrationslager geworden, wo jeder von der Vichy-Polizei ausspioniert wurde und fast jeder den anderen fürchtete und wo es nichts mehr zu essen gab.

Erich, der noch im Pyjama aus dem Fenster gesprungen war, ließ sich ein wenig Geld von der Direktorin geben und war verschwunden. Am Abend führte die Direktorin Jürgen-Arthur in den nahen Weiler Les Pettoreaux zum Bauern Socquet, sprach ihm Mut zu und streichelte dem Knaben, den sie sonst so viel strafte und der sie so lieb hatte, die Wange.

Der Bauer Socquet, der im Ersten Weltkrieg im Feld gewesen war, nahm ihn sofort auf und ließ ihn zur Sicherheit im Stall in der Futterkrippe unter der warmen mampfenden Kuh schlafen. So blieb er dann bei anderen mutigen Bauern, bis zur Befreiung des Dorfes am 17. September 1944.

Erich, der große Bruder, sollte zum Pfarrer Luc Ravanel in Crest-Voland, im anderen Teil Savoyens, der Fluchtwege für Verfolgte organisierte und junge Leute aufnahm, die den Arbeitsdienst in Deutschland ablehnten und meistens in Arbeits- oder sogar in Konzentrationslager geworfen wurden. Man konnte die Abhänge über dem Dorf Crest-Voland vom Balkon des Internats aus sehen. Er sollte die Landstraße meiden, die von den Deutschen auf der Suche nach Flüchtlingen befahren wurde und musste von Nebenweg zu Nebenweg einbiegen, da jeder in einen Weiler auf halber Höhe des Abhangs führte.

Zum Glück war schönes Wetter, so konnte er sich an der Sonne orientieren, denn er hatte keine Uhr. Seine war in einem Spind im Internat geblieben und sie ging nicht mehr. Es war schon Nachmittag und er durfte sich nicht von der Nacht überraschen lassen, es war Neumond, er kannte diesen Teil des Gebirges nicht und wollte sich nicht verirren.

Er musste dann von Weiler zu Weiler über Wiesen und Felder, zum Ärger des einen oder anderen Bauern. Als er sich erkundigte, ob der Weg nach Crest-Voland führe, fragte man ihn, ob er denn zum Pfarrer Ravanel wolle, da sei er in Sicherheit. Viele Leute wussten also davon und anscheinend verriet es keiner. Ihm war es schon aufgefallen, dass sich die Leute im Gebirge, in den Savoyen, nichts vormachen ließen.

Beim Gehen kamen ihm Gedankenschwaden, die aus den lastenden Sorgen entstanden, Mitschüler kamen ihm in den Sinn, die in Paris wohnten an Straßen mit Balkons, die frei spazierten und hinter denen keiner her war. Er gehörte also zu denen, die man in den Straßen verfolgen, aufspießen, aufhängen durfte, denen man den Hut herunterschlagen und sie an den Haaren über das Pflaster hinter sich her schleifen durfte. Er gehörte zu denen, die man sich merkte, die schwarz fuhren und sich durchmogelten, zu den Schmarotzern und »unnötigen Essern«, von denen er bereits so oft gehört hatte; gegen die, wenn man sie vorbeigehen sieht, sich der Oberarm zum Ausholen spannt und mit voller Wucht draufschlagen möchte. Die Seinigen waren Hausierer, die wochenlang von Dorf zu Dorf getrieben wurden, deren Trödelkasten beim Davonlaufen auf dem Rücken schepperte und klapperte unter dem Gejohle der aufgebrachten Dorfjugend, die nur zu Hause ihre Notdurft verrichten konnten und denen sich die Angst ins Gesicht eingekerbt hatte. Die gehörten auch zu seinen Vorfahren, die er im Blut hatte und so gerne von sich abgeschüttelt hätte, die er nicht einmal hassen konnte, so sehr gehörte er zu ihnen. Solche, die im Gasthaus möglichst nahe dem Ausgang sitzen und ihre Fahrkarte bei sich haben, die lebten ihm vor, was ihn erwartete, und wäre er auch noch so betucht. Alle Menschen waren zur Unsicherheit verurteilt, aber die Seinigen von Geburt an, nur weil es sie gab.

Was Erich mit ihnen gemeinsam hatte, war die tief im Körper verankerte Erkenntnis des Judenhasses, seit der Schule galt sie auch ihm. Judenhass war ein bequemes, nie erschöpftes Wissen um die Nichtigkeit des Objekts, ein erfüllendes, von Heiterkeit begleitetes Gefühl, eine Stoßkraft, die man in sich hat, eine Ermutigung zum Töten, der aber das Töten doch nicht ganz erlaubt ist, ein so schönes befreiendes Gefühl, das er aber nur als Gegensatz empfinden konnte und durfte. Er gehörte also zu denen, die gutgetan hatten, das Laufen zu lernen. Die anderen, die hinter ihm her waren, hatten es besser, sie konnten frei hassen, den Hass konnten sie zu jeder Gelegenheit gebrauchen und er reichte für Jahrhunderte aus, war unerschöpflich und jedem vertraut.

Von Juden wusste er nur, dass er keiner war, er war evangelisch, kurz nach der Geburt getauft, als Kind in die Sonntagsschule gegangen, und doch hatte er nicht weiter aufs Gymnasium gedurft, nicht in die HJ. Damals hatte er sich auch so eine Uniform mit Schulterriemen und Abzeichen gewünscht. Das war die Gefahr und die Versuchung der Uniform. Davon aber hatte er zuerst nichts geahnt, nicht gewusst, was HJ bedeutete. Man sah die Uniform vorbeimarschieren und man brauchte nicht zu wissen, wer darin steckt. Einen besseren Selbstschutz gab es nicht. Er hätte es sich bequem darin eingerichtet. In der Uniform wurde man irgendwer, dem man keine Fragen stellte, eine Uniform fragte man nicht nach Herkunft.

Das Gefährlichste waren die Leute, die man auf der wenig begangenen Straße traf, im Wartesaal oder im Bahnabteil, die jungen Menschen immer Fragen stellten: Wo kommen Sie her, was machen Sie, was für einen Beruf haben Sie? Sofort hätte einen jeder durchschaut. Da sitzt wieder so einer, man dachte, man wäre sie nun endgültig los! Er hatte sich schon einige Geschichten vorgespielt, für das Abteil, den Bus oder sonstwo. Er sei Elsässer, seine Mutter stamme aus Poitiers, alte, gut bürgerliche Familie. Eigentlich hatte er nichts zu befürchten. Hätten ihn die von der Gestapo oder von der Miliz geschnappt, wären sie bitter enttäuscht, denn er war nicht beschnitten. Hätten sie von ihm verlangt, er solle die Hose herunterlassen, so wäre er keiner von denen gewesen, die sie einfach beleidigen, beschimpfen, kleinmachen, erniedrigen konnten. Wenn einer sich vor Demut windet und fleht, dann ist das der große Moment solcher Todesschergen. Und doch war er einer von ihnen und gehörte abgeschafft.

Er durfte auf keinen Fall entdeckt werden, nicht nur von den Nazis. Hinter allem, was er unternehmen würde, stünde der Schatten der Herkunft. Er konnte nichts tun ohne den Gedanken, dass er nichts als ein Betrüger sei, keine Arbeit, keinen Beruf würde er angehen können, ohne sich zu sagen, dass er die anderen an der Nase herumführte. Er war verdammt, dem Verdacht der angeborenen Unehrlichkeit nicht entkommen zu können: Sie sehen doch, er versteckt seine Herkunft. Und dem sollte man Glauben schenken?

Er mied die am Abhang verstreuten Weiler, wo vielleicht die Miliz oder sogar die Deutschen nach versteckten Flüchtlingen oder Kämpfern suchten. Jedermann hatte schon von Razzien gehört, bei denen Greise und Kinder mitgenommen wurden.

Und dabei war es auch anders als er es sich dachte: Schon der seit 1941 unter Pétain geltende Status der Juden, der sie aus sämtlichen Berufen ausschloss und die ausländischen Juden in provisorische Lager steckte, hatte einen großen Teil der Bevölkerung empört. Die Razzia am 16. Juli 1942 in Paris, die sogenannte »Rafle du Vél’ d’Hiv’«, hatte die meisten Franzosen zutiefst schockiert und sie fingen nun an, den Verfolgten zu Hilfe zu kommen.

Er ging quer durch die Tannenwälder, der Helligkeit entgegen; es zeigte ihm, dass er immer höher stieg bis auf das Plateau, wo das Dorf lag. Er wurde herzlich empfangen und bekam sogar ein Zimmer für sich, zum ersten Mal aber zu einer Zeit, wo er es kaum bemerkte. Er hatte sich lange danach gesehnt, er war zwanzig und hatte noch nie alleine geschlafen, so etwas gehörte in die Friedenszeit, ihn aber kreiste der Krieg von allen Seiten ein, nichts entging ihm, alles war vom Krieg durchdrungen. Die Menschen saßen anders in sich selber, mit anderen Bewegungen, mit veränderten Stimmen, die Möbel, die Teller, sogar Fenster und Türen enthielten den Krieg.

Erichs Bestimmung war der Tod. Die Deutschen suchten ihn als Nicht-Arier und auch als Deserteur. Es dürfte für einen Judenjäger kaum größere Wollust geben als eine solche Ausweglosigkeit. Solche gab es nicht so viele, die waren bei der SS und hatten das seit Kindesbeinen in sich, daher dann auch die SS. Der Judenhass, sagte sich Erich, befriedigt bestimmt ein verborgenes, beschämendes Verlangen, hinter dem noch etwas viel Tieferes sitzt: und zwar die Lust am Töten.

Luc Ravanel, der Pfarrer in Crest-Voland, verstand alles auf den ersten Blick, dieser blonde junge Mann mit blauen Augen war bestimmt ein Flüchtling. Erich hatte volles Vertrauen zu diesem Mann mit dem offenen Gesicht, der doch Kämpfer der Résistance aufnahm, versteckte und sie weiter begleitete mit dem Risiko, selber verhaftet und deportiert zu werden.

Erich erzählte seine kleine Geschichte und sagte, er sei Schüler des Collège Florimontane gewesen und sein jüngerer Bruder, bald sechzehnjährig, auch. Die Deutschen waren gekommen, um sie mitzunehmen, zum Glück wurden sie nicht erkannt. Er machte sich Sorgen um den kleinen Bruder, ob man für ihn ein sicheres Versteck gefunden hatte.

Der Pfarrer hatte ein kleines Auto mit Holzvergaser und einen Sack mit Holzscheiten auf der Sitzbank. Es gab kein Benzin mehr in Frankreich, es war für die Besatzer beschlagnahmt. Er würde versuchen, sich beim Vikar von Megève zu erkundigen, der auch der Résistance angehörte. Er konnte aber nicht selber hinauffahren, das wäre aufgefallen, andere jüdische Kinder seien im Dorf versteckt, was doch selbstverständlich war.

Erich war ein wenig erstaunt, als man ihm nicht das ewige »Ihr habt den Heiland getötet« präsentierte. Pater Ravanel verschwieg keineswegs die Verantwortung der katholischen Kirche, die jahrhundertelang, seit 1306, den Juden den Aufenthalt in Frankreich verboten hatte. Erst 1791 wurden sie Staatsbürger und konnten alle Berufe ergreifen und auch Beamte werden. Rasch wurden sie Franzosen wie alle anderen. Wenn sie so sehr auf Profit aus seien, sagte er, dann wegen der Verfolgung seit Jahrhunderten. Das Geld sei der einzige Ausweg zum Überleben gewesen, da sie nur Geldgeschäfte machen durften, was den Christen von der Kirche verboten war, so hatte man die Schuldigen gleich zur Hand. Erich wunderte sich, solche Worte aus dem Mund eines katholischen Priesters zu hören: »Aber Dreyfus war doch schuldig, oder?« So hatte er es immer gehört. Der Pfarrer, der aber sehr viel Charles Péguy gelesen hatte und auch dem Verlauf von dessen Rehabilitierungsprozess beigewohnt hatte, bewies ihm die Unschuld des Kapitäns Alfred Dreyfus. Irgendwie, fast unbewusst, hatte Erich seine Schuld vermutet. Es konnte doch nicht sein, dass sich die große Französische Armee geirrt oder dass man sie durch irgendeine Machenschaft betrogen hatte. Alles in ihm war überdeutlich, klar, massiv und durchsichtig, er stellte sich mit ganzer Kraft der Résistance zur Verfügung, er wollte unbedingt zur Befreiung Frankreichs beitragen und doch war er ein Feind, einer von denen, die man loswerden musste, zu denen gehört er von vornherein – als Jude, und hier als Deutscher. Es war eine Ausweglosigkeit, die ihn anspornte und zugleich niederschlug. War er doch dem kleinen Bruder ähnlich, der sich die Rutenstrafe herbeiwünschte, um nicht an die Eltern denken zu müssen, an die Erich nie dachte und die ihm dennoch unaufhörlich in den Sinn kamen. Im Gespräch kam der Abbé Ravanel auf das Internat zurück und erkundigte sich nach der Disziplin. »Sagen Sie nicht unbedingt, dass Sie Deutscher sind«, fügte der Pfarrer hinzu, »aber dass Sie Jude sind, *sollten* Sie sogar sagen«. Er half dem Pfarrer so viel er konnte, er fällte Holz und freute sich, weil es Kartoffeln gab, die er seit Monaten nicht mehr gegessen hatte und so gern schälte. Wie gesagt, die Internate waren besonders knapp versorgt, weil sie keinen Schwarzmarkt treiben konnten.

An diesem zweiten Abend, es sollte der letzte sein, kam ein anderer, vor dem Arbeitsdienst in Deutschland geflohener, noch sehr junger Mann, der mit ihm das Zimmer teilte. Kurz bevor das Licht gelöscht werden sollte, stellte er sich nackt, erregt vor Erich, der der Versuchung widerstand und sich umdrehte. Das erzählte er viele Jahre später dem Bruder, weil der solchen Versuchungen nicht widerstand. Erich hatte sich mehrmals in Mädchen verliebt, die nichts davon wussten.

Viele Jahre vergingen, die beiden Brüder hatten sich nur einmal 1947 getroffen, bis sie sich flüchtig wiederbegegneten, paradoxerweise gerade in Deutschland, Ende der siebziger Jahre des vorigen Jahrhunderts, zur Zeit der Stolpersteine – wieso diese kaum merkbaren ins Pflaster eingelassenen Metallplatten gerade stolpern lassen sollten –, als man endlich das schlechte Gewissen abschütteln durfte vor lauter Wiedergutmachung.

Deutschland war wohlhabend geworden und konnte sich mit der Vergangenheit »auseinandersetzen«.

Sie halfen zuerst dem Pfarrer, Proviant, zerlegte Waffen und Material in Rucksäcken zu der Widerstandsgruppe zu tragen. Sie unterhielten sich viel beim Kartoffelschälen, denn von den Bauern bekamen sie Kartoffeln. Bald aber, wie verabredet, gingen sie zur örtlichen Widerstandsgruppe, die ihnen zugewiesen worden war. Erich kam immer wieder auf de Gaulle zurück, den er ganz besonders bewunderte. Er, der doch Ordnung so liebte, der immer zu Hause seine Spielsachen sorgfältig aufgeräumt hatte und als Schüler besonders ordentlich gearbeitet hatte, war fasziniert von der Unbotmäßigkeit des Generals, von der Widerborstigkeit, die er verkörperte. De Gaulle entsprach der französischen Tradition der Auflehnung gegen Autoritarismus; man war Staatsbürger und Citoyen zugleich, aber auch ein in seinen Entscheidungen freier Mensch. Diese Rebellion gegen feigen Untertanengeist entsprach wieder der anderen

Seite seiner inneren Gegensätze. Für Hitler war er ein Jude, der er aber nicht sein wollte, für de Gaulle war er einer, der er sein wollte und dabei war er doch keiner. Unaufhörlich stieß er auf diesen Widerspruch in sich, für den ihm die Worte fehlten. Ob die Teilnahme am Widerstand ihn davon erlösen würde?

Sie gingen eine Weile zusammen, bis sie sich verabschiedeten. Dann lief Erich, statt hinunter ins Tal, bergauf in Richtung des Passes, le Col des Saisies, um sich der Résistance mit dem Capitaine Bulle, dem Organisator des Widerstands im Norden Savoyens, anzuschließen.

Dass er nicht am Widerstand auf dem Plateau des Glières teilgenommen hatte, erfüllte ihn mit Scham. Es war im März 1944 gewesen, ganz in der Nähe, unweit von Annecy, er hätte zwei Tage zu Fuß gebraucht; es war ein vom Verkehr völlig abgeschnittenes Hochplateau, das nur im Sommer von Hirten bewohnt war. Ihn überwältigte der Enthusiasmus und die Leidenschaft der jungen Kämpfer, von denen die meisten wussten, wofür sie sich einsetzten. Nicht nur wollten sie die Besatzung beseitigen, deren Schande durch die Kollaboration noch vergrößert wurde, sondern manche waren sich auch der menschlichen Aufgabe bewusst, die ihnen bevorstand. Unter ihnen waren auch Ausländer, Polen, Jugoslawen, alle warteten auf einen Fallschirmabwurf, der am 1. August 1944 stattfinden sollte. Alle würden die Waffen, den Sprengstoff und das ganze Material einsammeln. Plötzlich stand er ganz hoch über dem steilen Abhang, der über sich selbst zu kippen schien, vor ihm öffnete sich eine riesige Landschaft mit Gebirgsketten, Tälern und Ortschaften. Vor ihm, aber noch viel gewaltiger als die ganze ausgebreitete Landschaft, ragte in unheimlicher Stille der Mont Blanc empor. Er hatte ihn schon zwei oder drei Mal bei Ausflügen gesehen, in den ersten Internatsjahren, als er sich mit der Geografie Frankreichs vertraut machen wollte. Mit dem Finger lief er die Strecken nach, die auf der Landkarte Städte und Dörfer verbanden, er suchte auch in Schulbüchern die Abbildungen, die französische Sehenswürdigkeiten zeigten. Was ihm auffiel, waren die vielen Kathedralen, die oft aus dem elften oder zwölften Jahrhundert stammten. Diese alte Welt, die schon so unendlich lange vor ihm bestanden hatte, sollte nun seine Lebenswelt werden. Da wusste er instinktiv, es gab kein Zurück. Die Sprache hatte schon von ihm Besitz ergriffen, all die kleinen Begebenheiten des Alltags verliefen auf Französisch.

Und jetzt, in den ersten Augusttagen des Jahres 1944, entschied nochmals die Geschichte für ihn;

mit seiner Maschinenpistole unter dem Arm fühlte er sich für diese Kathedralen ein wenig verantwortlich, vielleicht, weil er die Nazis zu gut kannte in ihrer Zerstörungswut. Als damals Vierzehnjähriger, 1938 – nicht nur, weil er davon ausgeschlossen war –, hatte er die Gewalttätigkeit, die Mordlust der Nazis gefühlt, umso mehr als sie ihm selbst galt. Wenn er nicht davon betroffen gewesen wäre, hätte er es vielleicht kaum bemerkt. Was wäre aus ihm geworden, wenn er »Arier« gewesen wäre? Seiner Emigration verdankte er, nicht den falschen Weg eingeschlagen zu haben.

Sie schliefen, wo sie konnten, auf verlassenen Almen unter Felsen, und Erich bekam viel mehr zu essen als je im Internat. Sie bekamen Wurst, Speck und Brot, die sie von den Bauern kauften oder auch einfach beschlagnahmten, mit Quittung, es war auch vorgekommen, dass sie es sich einfach mitnahmen. Das störte ihn, weil es nicht der Ehrlichkeit entsprach.

Es genierte ihn, immer von anderen abzuhängen, der Jude, der wieder einmal profitiert. In jedem Augenblick kamen ihm solche Gedanken; niemand würde ihm so recht glauben, wenn man erst einmal von seiner Herkunft wüsste, daher war er zum Äußersten bereit, um zu beweisen, dass er nicht dem erwarteten Bild entsprach. Er meldete sich zu jeder möglichen Operation. Als sich aber alle, die überlebt hatten, verstreuten, wohin sie konnten, um den Kampf wieder aufzunehmen und nicht von den Deutschen gefangen genommen zu werden, die sie als Partisanen sofort entweder erschossen oder deportiert hätten, da war er ungeschoren und inaktiv auf der anderen Seite des Gebirges geblieben, von wo man den Kameraden auf dem Glières Plateau nicht mehr zur Hilfe kommen konnte, aber die Fallschirme heruntersegeln sah. Das vergrößerte noch seine Schuld. Ein Schauer überlief ihn. Bisher hatte er noch niemanden getötet, nur so am Col des Saisies mit der Maschinenpistole herumgeballert, was ihm eine scharfe Bemerkung des Kommandierenden eintrug.

Ungewöhnlich war, dass keiner verwundet oder gar getötet wurde, solange er da war.

Ihm waren die sympathische Unordnung, die Konfusion der Planungen und die Rivalitäten aufgefallen und trotz des gemeinsamen Ziels nicht angenehm. Er konnte sich nicht genug hervortun, er wurde nicht ernst genommen, er wollte gerade – vielleicht, weil man ihm das Leben absprach – zeigen, dass es ihn gab. Eitelkeit spielte dabei mit und warum auch nicht! Vielleicht aber auch eine tief verankerte Furcht vor unvorhersehbaren Entwicklungen innerhalb der

Gruppe, die konnte sich plötzlich, aus irgendeinem unbedeutenden Grund, gegen ihn wenden, da er einer der wenigen war, die ihre Herkunft und Zugehörigkeit nicht bekannt machen wollten.

Das Débarquement, die Landung, hatte am 6. Juni stattgefunden und man erwartete eine andere im Süden, in der Gegend von Marseille. Man wusste nicht genau, in welcher Region Frankreichs sich die endgültige Befreiung des Landes abspielen sollte. Er musste nicht nur dabei sein, sondern auch daran teilnehmen, es war auch eine Möglichkeit, sich selber zu vergessen. Er musste etwas finden, das ihn von dieser dunklen Präsenz seiner Herkunft befreien würde, etwas haben, in das er sich stürzen könnte, sodass er keine Möglichkeit mehr hätte, an dieses Etwas zu denken. Denken war ein zu anspruchsvolles Wort, es lag in Wirklichkeit blasenhaft unterhalb des Denkens, es gehörte zur Selbstfeststellung, es war immer dabei: Er war Jude, so hatte Hitler es bestimmt. Er war das Hindernis auf dem Weg zu sich selbst. Gerne hätte er sich für etwas begeistert, wäre gerne darin aufgegangen, hätte sich wie bei der Musik darin aufgelöst, aber dahinter erschien immer eine innere, hämisch spottende Fratze, die hinter ihm her grinste: Für wen hältst du dich denn, du kleines Jüdelchen.

Hinter jedem Menschen liegt eine endlose Geschichte, von der er meistens nichts weiß. Einem als Juden bezeichneten Menschen ist sie anders eingraviert, man empfindet sie als etwas Unbestimmtes, das sich aber seit Jahrhunderten gleich anfühlt, als die Möglichkeit, umgebracht, verfolgt, gehetzt, niedergeschlagen zu werden, und sollte es auch Geld im Überfluss gegeben haben, dann nur, um der von Generation zu Generation vererbten Todesdrohung zu entkommen.

Das musste Erich unbedingt loswerden, mit solchen hatte er nichts gemein; er konnte die Blicke nicht ertragen, denen er ausgesetzt sein könnte, feindlich, hasserfüllt oder ein wenig mitleidig, mit dem leichten Hauch des Erstaunens: Wie macht er das bloß, Jude zu sein, wie schafft er das? Es ist doch so herrlich bequem, keiner zu sein. Vom Antisemitismuskomfort ganz zu schweigen.

Solche Gedankenschwaden verließen ihn kaum. Auf keinen Fall durfte er seinen Namen nennen. Als Kind las ihm die Mutter oft aus Grimms Märchen vor. Viele davon hatte er vergessen, nur »Rumpelstilzchen« nicht, das Männlein, das das Kind der Königin mitnehmen will, wenn sie seinen Namen nicht sagen kann. Erichs Familienname machte ihn sofort kenntlich als den, der er nicht ist. Er hatte sich schon unter einem französischen Nachnamen der Résistance angeschlossen. Den Namen sollte er behalten, um dann zu den französischen Truppen befördert zu werden und an den Befreiungskämpfen teilzunehmen; ein kühner und stolzer Entschluss.

Die Grenze zur freien Zone, zum nicht von den Deutschen besetzten südlichen Teil Frankreichs, war seit 1942 aufgehoben worden, aber die Kontrollen blieben dieselben und der Übergang wurde ganz besonders überwacht. Andere Widerstandsgruppen zu treffen war zwecklos und zu riskant, das Beste, so schnell wie möglich auf die amerikanische Armee zu stoßen. Erich wollte sich unbedingt bei den Alliierten melden, um mit den regulären Truppen zu der Befreiung des Landes und zu der endgültigen Beseitigung des Nazismus beizutragen. So ging er nach Norden, ohne Landkarte, ohne Geld, aber mit guten Stiefeln. Er wollte zu Fuß oder als Anhalter, wie es gerade kam, die Front erreichen.

Das größte Problem, vielleicht das einzige unüberwindliche Problem, war die Überquerung der Rhône. Man konnte nicht anders, wenn man vom südöstlichen Teil Frankreichs nach Westen wollte. Jede Brücke war bewacht, man musste seinen »Ausweis« (Oswes) vorzeigen, und Erich hatte nicht einmal falsche Papiere. Hunderte junge und alte Menschen, die nicht einmal alle im Widerstand waren, waren in den letzten Tagen von den Deutschen und der Miliz hingerichtet worden, viele wurden aus den Gefängnissen »ohne Gepäck«, d.h. zum Tode verurteilt, weggeschleppt und auf den Wiesen am Ufer der Rhône erschossen.

Erich wusste, dass sein Freund und Mitschüler André Reussner, der Schweizer Staatsbürger war, sich auch der Résistance angeschlossen hatte. In einem Café hatte man ihm die Möglichkeit gegeben, das Internat anzurufen, die 17 in Megève. Man versicherte ihm, der Bruder sei gut aufgehoben auf einem entfernten Bauernhof.

Von Frankreich kannte er nur Hochsavoyen, andere Gegenden nur durch Abbildungen in den Schulbüchern oder aus dem Lexikon, nun, während der Woche seiner Wanderung, lernte er Frankreich wirklich kennen. Er zog durch wundervolle üppige Landschaften, wo es scheinbar den Krieg nicht gegeben hatte und es gelang ihm immer, Unterkunft zu finden. Wie er mittellos, aber stolz durch Frankreich gewandert war, hatte er später nur in Andeutungen erzählt. Er schlief in Scheunen, manchmal in alt möblierten Fremdenzimmern irgendeines Familienhauses und bezahlte seine Unterkunft mit Zeichnungen, wofür er besonders begabt war. Er bekam da ein großes, altes Bett, er hatte sich in die unzähligen kleinen Gedanken fallen lassen, die ihn wie Tagträume durchschwirrten, die Eltern, der Garten, der Bruder, das Internat, alles kam ihm zugleich in den Sinn, in diesen stillen Häusern, wo man nichts von den nahen Kämpfen hörte. Es war diese geschützte Gegend des oberen Mittelfrankreichs, wo die Geschichte still gestanden hatte, wo man noch Menschen begegnete, die aus den Romanen von Balzac stammten, wo es nie Krieg gegeben hatte, obgleich einige Kilometer weiter Ortschaften dem Erdboden gleichgemacht worden waren. Trotz des Gedankenschwirrens ließ die Unruhe nicht von ihm ab, er wollte gemeinsam mit den französischen Soldaten für Frankreich kämpfen, aber er war kein Franzose und kein Deutscher mehr, er war, was man einige Monate später als DP bezeichnen würde, als Displaced Person. Das jüdische Schicksal, das er so gerne ein für alle Mal von sich abgeschüttelt hätte, ließ nicht von ihm ab. Die Nichtjuden, die »Arier«, hatten es doch so gut, sie konnten jeden Morgen mit dem ruhigsten Gewissen aufwachen: Gott sei Dank, ich gehöre nicht zu denen. Sie konnten sich freuen, dass nie ein Pogrom, so eine schöne Straßenjagd, sie je betreffen werde. Es war doch schön, kein Jude zu sein.

Die Nachrichten des pétaintreuen Senders Radio Paris gaben ungewollt ziemlich genaue Informationen über die Lage an der Front in der Normandie. Wenn er irgendwo hinkam, in einen Laden, wo er sich in der Nähe bei einem Bauern ein wenig Geld verdient hatte, dann wurde das Radio sofort auf Radio Paris eingestellt. Wenn man aber gerade London hörte, »Die Franzosen wenden sich an Franzosen«, war es noch gefährlicher, da die Besatzer und die Miliz angesichts ihrer Niederlage bestimmt noch aggressiver und rücksichtsloser wurden; er hatte SS-Kolonnen vorbeiziehen sehen, die von irgendeinem Massaker zurückkamen, mit so erlösten, freudigen Gesichtern.

Er wurde schließlich in einem Gebüsch von einem amerikanischen Stoßtrupp entdeckt, genau wie er es wünschte. Plötzlich war er mitten im Krieg, er hatte seit Tagen schon die Geschütze donnern gehört. Er wurde zu einem Unteroffizier abgeführt, dem er auf Englisch seine Zugehörigkeit zum Widerstand erklärte. Und so von Offizier zu Offizier und von Jeep zu Jeep, erklärte er jedes Mal ohne zu zögern seine Lage als verfolgter Jude, und keiner von den Amerikanern zog ihm ein langes Gesicht.

Bei der französischen Division war es dann nicht so einfach, er wurde mehrmals verhört, bevor er die französische Uniform anzog. Die Division, in die er eintrat, bestand aus Soldaten aus aller Welt, Spaniern, Afrikanern, Marokkanern – eine erstaunliche und einheitliche Zusammenkunft von Menschen, die, wie jemand ihm sagte, sehr französisch sei.

Es war für ihn ein ergreifendes Erlebnis, als französischer Soldat über die bekannte Porte d'Orléans in Paris einzufahren, zur Befreiung der Stadt beizutragen. Obgleich er es natürlich wusste, war er überrascht, kein richtiges Tor, la porte, zu sehen, sondern einen gewöhnlichen Platz, umgeben von hohen Wohnhäusern. Er sah eine jubelnde Menschenmenge und fuhr an Schauplätzen der französischen Geschichte vorbei, von denen er gelernt hatte, die aber ganz anders aussahen, als er sie sich vorgestellt hatte, niedriger und überschaubar, irgendwie menschlich, ein wenig salopp und ungepflegt. Es waren kleine Einzelheiten, die ihm auffielen, immer mehr kleine Details, die nach und nach seine Lebenswelt gestalteten.

Zunächst ging es ihm um anderes, um den weiteren Verlauf seines Lebens. Solange der Krieg noch andauerte und die Hitlerhorden noch nicht völlig beseitigt waren, blieb er in der Armee und brauchte sich nicht zu sorgen, er gehörte einer Gruppe an, die ihm die Lebensangst umwendete als Gegenwart der Todesdrohung. Er riskierte sein Leben und das befriedigte ihn, er wurde mit anderen Soldaten in die Präfektur gegenüber Notre-Dame geschickt, um die deutschen Heckenschützen und die Milizler wegzukriegen, die während des großen Te Deums zur Befreiung vom Dach der Kathedrale auf de Gaulle geschossen hatten. Am nächsten Morgen wurde er mit einem anderen Soldaten nach Neuilly geschickt, um den berühmten Schauspieler Sacha Guitry, der oft mit deutschen Offizieren zusammen war, zu verhaften, der aber nach einigen Tagen wieder auf freien Fuß kam.

Viel erzählte Erich nicht vom Krieg, von den Kämpfen, von den Toten oder Verletzten, er blieb aber zutiefst erschüttert von der Entdeckung des bereits am 1. September evakuierten Konzentrationslagers Natzweiler-Struthof, wo das Morden besonders grausam war. Was er dort sah, hatte nichts mit den Schlachtfeldern zu tun, auf denen er gewesen war, es war schon des sonderbaren Geruchs wegen, des zwischen den Baracken festgetrampelten Bodens, etwas nie da Gewesenes, das zum Ende der Welt gehörte. Alle alliierten Soldaten, die dort vorbeizogen, fühlten, dass sie etwas erlebt hatten, das nicht ohne Einfluss auf ihr weiteres Leben bleiben würde, und man ahnte nur, was wohl in den anderen Konzentrationslagern der Nazis geschah; von Auschwitz wusste man noch wenig, noch nicht, dass von nun an Auschwitz und Deutschland untrennbar zusammengehören würden.

Was er so gesehen hatte, rumorte unaufhörlich in ihm, er war bisher unbehelligt davongekommen, wo Millionen andere umgebracht wurden; es war fast Betrug, er hatte nicht das mindeste Recht dazu, sein Überleben war reine Gaunerei und dabei durchfuhr er auch noch wundervolle Landschaften.

Von einem anderen Offizier, der ihn gekannt hatte, wurde erst 2011 erzählt, Erich hätte sich während der letzten Kämpfe im Elsass im Januar 1945 besonders heldenhaft benommen, ohne es besonders merken zu lassen, als wollte er in der Anonymität und Allgemeinheit angesichts der Gefahr verschwinden.

Im Mai 1945 wurde Erich aus der Armee entlassen und in eine Alltäglichkeit gestürzt, die er noch nicht kannte. Bis zum Alter von vierzehn Jahren hatte er mit den Eltern und dem Bruder ein deutsches Leben wie aus dem Bilderbuch gelebt, mit Garten, Märchen, Kartoffelpuffer und »Stille Nacht, heilige Nacht«, bei dem ihm immer die Tränen kamen. Das Deutsche war das Fundament seiner Selbstheit, er war Deutscher bis in die letzte Faser seines Wesens, aber von kriminellen Halbstarken und Opportunisten aller Art war er aus einer Zugehörigkeit ausgewiesen, verstoßen und bis in die Berge Frankreichs verfolgt worden.

Nur ab und zu, mit gefangenen deutschen Soldaten, hatte er deutsch gesprochen, seine Kindheitssprache war ihm fremd geworden, der Atemgang der beiden Sprachen hatte sich voneinander entfernt, die Stimme lagerte sich anders. Im Französischen brauchte man nicht so sehr ganz durchzuatmen, man sprach mehr Kopf als Kehle, es hörte sich ganz anders an. Das Französische hörte sich seichter an, es griff nicht so tief in einen hinein wie das Deutsche, wo alles ernst gemeint und empfunden wurde, wo man sofort auf die Wahrheit stieß, wie sie dastand und nicht anders konnte. Es war, als gäbe es keine Auswege, als sei man zu eindeutigen Aussagen verpflichtet.

Im Deutschen ist man sofort bei des Pudels Kern, die Sache steht vor einem wie sie »leibt und lebt«. Die deutsche Sprache nimmt es beim Wort: Eine Bauchspeicheldrüse sagt genau aus, was sie ist, wo das französische pancréas ohne das Griechische nicht verständlich ist.

Das Französische, das fiel ihm jetzt auf, blieb sozusagen auf Distanz, ließ sich einen Freiraum zwischen Wort und Sache. Das Deutsche ging der Sache auf den Grund, ließ nichts unbeachtet, im Französischen gibt es einfache Worte, die alles zugleich erfassen, wo aber der Zuhörer die Arbeit selber machen muss. Man vertraut ihm: Entrée bedeutet zugleich Eingang, Einfahrt, Eintritt. Er merkte, wie jedes Wort, jeder Begriff dasselbe aber anders meinte. Es war fast obszön, Deutsch zu sprechen, nach der Okkupation, nach den Naziverbrechen, von denen man jeden Tag mehr erfuhr, er schämte sich jetzt allein schon bei dem Gedanken, diese Sprache in den Mund zu nehmen, mit Hilfe derer solche ungeheure Verbrechen begangen wurden. Man durfte auf keinen Fall erfahren, dass er einer aus diesem Land sei. Es entstand jedes Mal in ihm ein scharfes Trennungsempfinden, das ihn lähmte. So verschob sich das Deutsche nach und nach in den Hintergrund, das Französische, das ihn geschützt hatte und unter dessen Zeichen er die Todesgefahr erlebte, hatte von ihm ganz Besitz genommen, niemand, insofern man davon wusste, spielte auf seine Herkunft an. Er war alles zugleich, was man lieber nicht sein sollte: evangelischer Jude deutscher Herkunft im kaum von der deutschen Okkupation befreiten Frankreich.

Er hatte keine sichere Unterkunft, und das wenige Geld, sein Sold, würde kaum für eine Nacht im Hotel reichen. Zum ersten Mal in seinem Leben empfand er die Haltlosigkeit, die eben auch den Grund der jüdischen Existenz bildet, nicht gelegentlich, sondern überhaupt.

Als dreizehnjähriger Knabe in Deutschland hatte er sich immer umgewendet, um zu sehen, ob man hinter ihm her war, und so hatte er es erst wieder während der Monate der deutschen Okkupation in Hochsavoyen getan.

Jetzt brauchte er sich aber nicht mehr umzudrehen, im Körper fühlte er eine ihm sonst unbekannte Freiheit, er brauchte nicht mehr seine Nerven anzuspannen, um sofort abwehren zu können, und damit fing seine Bestimmung wieder an: Er wusste nicht, wohin.

Von der Front hatte er an Fräulein Lucas, die Leiterin des Internats geschrieben, an den kleinen Bruder, der nun siebzehn war und an den Freund, in dessen Haus er sich damals mit dem Bruder und dem österreichischen Widerstandskämpfer verstecken konnte.

Mit diesem Freund hatte er einen ziemlich regen Briefaustausch, der Freund erzählte ihm seine vielen Liebesaffären und bot ihm für einige Tage ein Zimmer in der großen Wohnung seiner Eltern am Boulevard Pereire an, im schicken 17. Arrondissement. So war er immer jemandem etwas schuldig, so konnte seine Unsicherheit nur bestätigt und die Scham nur umso größer werden. Die Scham ist ein sonderbares Gefühl, vom Inneren des Körpers nach außen gestoßen, als sei das innere Empfinden für jeden sichtbar. Als Soldat hatte er das nie empfunden, er war einer unter anderen und keiner scherte sich um seine Herkunft in der ständigen Gefahr, angesichts eines wahrscheinlichen Todes, und der hätte mindestens Sinn gehabt.

Er durfte nur in einer Erscheinung auftreten, die nichts hätte von ihm sehen lassen. Die Uniform war ein solcher Ausweg zum Selbstverlust gewesen, das musste er unbedingt wieder erleben; schlimmstenfalls als Hotelportier oder Bankangestellter; keiner würde je erraten, dass darunter ein falscher Jude als wahrer Verfolgter stecke. Seiner unglücklichen Herkunft war er dennoch eine höhere Ambition schuldig. Er war ein getaufter Christ, Abiturient dazu, zu jedem Aufsteigen fähig, nur dass er weder Fleisch noch Fisch war, er war kein Deutscher mehr und noch kein Franzose. Seinem gerade aus dem Konzentrationslager zurückgekommenen Vater zu Ehren wollte er Jura studieren, um Richter oder Anwalt zu werden, aber dazu musste er französischer Staatsbürger sein, sonst könnte er nur kleine Aushilfsarbeiten verrichten, wofür er auch noch einen Ausländerausweis brauchte, all das hatte er aber nicht. Sein deutscher

Reisepass, noch ohne »J«, und sein evangelischer Taufschein wie auch andere Papiere lagen in Florimontane im Korbkoffer, der noch aus Deutschland stammte, in den seine verzweifelte Mutter alles Nötige für die zukünftige Bleibe der Kinder getan hatte. Mehrmals hatte sie alles wieder herausgenommen, in der Hoffnung auf eine vielleicht doch mögliche Wendung der Geschichte, dass Hitler sterben oder plötzlich zurücktreten könnte.

Der Freund, bei dem Erich diese vorläufige Unterkunft gefunden hatte, wollte wissen, wie der Zustand seines Hauses in Megève nun war und schlug Erich vor, mit ihm hinzufahren; der Freund gehörte zu den Privilegierten, die noch Benzin hatten, der Vater war Besitzer einer Großgarage in Dieppe, die heimlich für den Widerstand gearbeitet hatte; es sollte eine mehrstündige Reise werden. Sie fuhren die damals völlig leere Nationalstraße 6, die Herzstraße Frankreichs hinunter, durch die Bourgogne, wo sich von Städtchen zu Städtchen, Arnay-le-Duc, Beaune und anderen, die ganze Geschichte des Landes ausbreitete.

Der Freund hatte eine legitimierte Vergangenheit hinter sich, er konnte auf die lange Reihe seiner Vorfahren zurückblicken, die alle aus einer mit dem Land verbundenen Familie stammten, Bauern oder

Handwerker, die in der Umgebung Achtung fanden und zum Wohl der Gemeinde beigetragen hatten, während er, Erich, nur »unnützer Esser« war oder Parasiten vorzeigen konnte, die man zurecht aus Deutschland verstoßen hatte.

Es war sonderbar, jetzt, wo er ein kleines Stück französischer Vergangenheit hinter sich hatte, die kurze Teilnahme an der Résistance, dann die Kämpfe in der französischen Armee in der Normandie und im Elsass, dass er in die Adoleszenz zurückfiel, eine Adoleszenz der Wut, des Ressentiments, des Heimwehs, der täglichen Verängstigung mit den ununterbrochenen Bildern der Verhaftung und des Abtransportiertwerdens.

Er ging zum Internat hinauf, wo man ihn gar nicht erwartete, drückte den Türgriff und stieg im Halbdunkel die Haustreppe hinunter zum lichtdurchfluteten Gemeinschaftssaal.

Das Erste, was er sah, war sein Bruder, der da in der Ecke ausgestellt stand mit nacktem, gerötetem Hintern, weinend mit Rute in der Hand. In Gegenwart aller Schüler und Erzieher hatte Fräulein Lucas ihm gerade die erste Hälfte seiner doch nicht sehr scharfen Strafe erteilt, wie sie sagte, die zweite sollte am nächsten Tag erfolgen, der verzweifelte Jürgen-Arthur stürzte sich halbnackt wie er war in die Arme des genierten großen Bruders. Erich erstickte beinahe vor Verlegenheit, was er für sich als für immer überwunden dachte, machte sich über ihn her: die Kindhaftigkeit. Der jüngere Bruder, wurde ihm gesagt, schien die Strafe richtig zu begehren, nach jeder Strafe sei er fröhlich, wie erlöst, jedoch wurde sie ihm jedes Mal vor aller Augen verabreicht, ein Mitschüler gab ihm sogar zu verstehen, dass Jürgen-Arthur nach Zapfenstreich der Intimus des Erziehers sei.

Vom hohen Balkon des Internats aus überblickte man nicht nur das ganze Tal, sondern auch alle ins Tal auslaufenden Berge, die von einer Seite zur anderen ineinander zu greifen schienen. Das Tal war so weit, so offen, dass die ausgebreiteten Arme es nicht umfassen konnten, man sah bis in die Ferne, vierzig Kilometer weit bis zum Rhônetal, bis in die Gegend von Lyon. Da hatte er öfter gestanden und versucht, nicht an die Heimat zu denken, von der er nicht wissen wollte, dass sie ihn ausgewiesen hatte.

Erich ging auf den Dachboden, da stand noch der alte Korbkoffer, er nahm den Reisepass und den Taufschein und verschwand; das Spektakel des kleinen Bruders hatte ihn zutiefst abgestoßen. Er war ins Damalige zurückgeworfen und verstand plötzlich, was das mit der deutschen Unterwürfigkeit zu tun hatte,

mit der sonderbaren Freizügigkcit, die sie begleitete.
Er war nie gezüchtigt worden, weder zu Hause, obgleich es auf einer Kredenz einen »gelben Onkel«,
einen Rohrstock, gab, noch in der Volksschule und
schon gar nicht auf dem Gymnasium, das er nur zwei
Schuljahre besuchen konnte. Im Gespräch mit den
deutschen Gefangenen, denen er dann dolmetschte,
kam zu irgendeiner Gelegenheit der Rohrstock immer wieder vor.

Das Sonderbare, und das hatte ihn sehr bald erstaunt: Im Internat war die Rute auf das nackte
Gesäß eine absolute Selbstverständlichkeit, in jeder
»Droguerie« in Frankreich hingen etliche davon an
der Decke.

Erst vor ungefähr einem Jahr, bevor die deutsche
Gefahr sich verschärfte und Wichtigeres im Spiel
war, fiel ihm die Lust auf, mit welcher sich Jürgen-
Arthur der Strafe hingab, wie er noch, die Augen voll
Tränen, der Direktorin wie verzückt die strafende
Hand küsste. Deutsch war der Junge bis in die Ze-
henspitzen, deutscher konnte man kaum sein, stän-
dig verträumt, gehorsam und ein Rebell, stets unge-
hörig und diszipliniert. Jürgen-Arthur verkörperte
alles, was Erich hinter sich lassen wollte. Jürgen-
Arthur war noch zu jung, um sich von der ersten
Kindheit trennen zu können und das wusste Erich

schon, es war das Deutschland des »Erlkönigs«, der »Urwüchsigkeit«, der Freiluftkultur. Zwischen ihnen gab es die gemeinsame Erinnerung, und, was keiner vom anderen wusste, die religiöse Exaltation, beide waren in Frankreich vom Protestantismus zum Katholizismus übergetreten, der Kleine aus konfusen Gründen, er wollte sogar Priester werden und ins kleine Seminar nach Thônes geschickt werden, fasziniert von der nahen Unerreichbarkeit des Göttlichen, an die wöchentlich mit der Rute erinnert wurde. Seine leicht perverse religiöse Erregtheit hatte kaum zu tun mit der ein wenig konventionellen Religiosität des großen Bruders, der das Ritual der Messe zur Integration brauchte und nicht das Strafritual als eine etwas pervertierte Selbstinszenierung.

Erich fuhr mit seinem Freund ein wenig wehmütig nach Paris zurück, zur Dankbarkeit verpflichtet, was ihm unerträglich war, wurde er fast unfreundlich, bedankte sich und verließ den Boulevard Pereire, ohne zu wissen, wo er unterkommen sollte. Sein Stolz, leerer Ausdruck seiner Unsicherheit, ließ ihn im Kreis herumirren, wo er seiner Anmaßung freien Lauf lassen konnte. So blieb ihm nichts anderes übrig, als sich zu einem Besuch bei der steinreichen Kusine zu zwingen, die sich im Frühling 1939 ihrer angenommen hatte.

Er fuhr schweren Herzens mit der Metro nach Saint-François-Xavier im vornehmen siebenten Arrondissement. Sie bewohnte ein Hôtel particulier, ein Stadtpalais mit Chauffeur, Butler und Diener. Am Eingang war ein kleines Wärterhaus, wo man ihn so ziemlich von oben herab anschaute, was sich aber sofort änderte, als er sagte, die Besitzerin sei seine Kusine. Er wurde vom Butler über einen langen Gartenweg zum Salon geführt, vier große Fenster auf einer Seite, ein sehr großer Wandteppich aus dem französischen siebzehnten Jahrhundert. Auf dem Boden lagen ausgefranste alte Teppiche, alles war edel und ungepflegt, wie es so in alten Familien ist. Diese Kusine war Halbjüdin aus einer Familie, die schon eine lange Tradition in Frankreich hatte, trotz allem Antisemitismus, wie ihn die Dreyfus-Affäre gezeigt hat.

Erich war immer sehr höflich zu ihr, aber keineswegs ergeben, sie hatte für die beiden Brüder gesorgt und er fand das irgendwie selbstverständlich. Sein Hochmut war eine Form der Selbstverortung, es gab keine ihn befriedigende Zugehörigkeit, er wusste, dass sie ihm zu irgendeiner passenden Gelegenheit abgesprochen werden konnte. Seitdem er sich seiner Abstammung bewusst geworden war, lebte er mit allen anderen in derselben Welt und wusste sich doch davon ausgeschlossen. Seine Herkunft war ihm verhasst und umso mehr verhasst, als seine Zugehörigkeit zu etwas möglichem anderem dringender wurde.

Bei dem Abbé Ravanel, im Gebirge, in Crest-Voland, hatte er Zeit gehabt, an seine religiöse Herkunft zu denken. Er kannte das Neue Testament so ziemlich, aber es hatte ihn nicht berührt und kaum Bilder in ihm hinterlassen. Der Katholizismus entsprach mehr seinem ästhetischen Empfinden. Das konkrete Ritual mit dem Weihrauch, die ein wenig theatralische Aufmachung der Messe zogen ihn an, als Katholik gehörte man zu etwas, auch konnte man sich damit sehen lassen. Die katholische Obrigkeit, das wusste jeder, hatte sich sehr schlecht benommen, nur zwei Bischöfe, der von Lyon und der von Toulouse hatten gegen die Verfolgung der Juden und die Deportation protestiert. Nur die »kleinen«, die Landpfarrer, die Priester in den Konfessionsschulen und die Schwestern hatten sich der Verfolgten angenommen. Das war für den kleinen Bruder der Fall gewesen, der zuerst sehr weit weg von völlig ahnungslosen Bauern versteckt wurde, die ihn aber unter höchster Gefahr, einige Tage nach der Landung, am 6. Juni 1944, wegschickten. Durch den Vikar von Megève, Pater Tissot, konnte er in letzter Minute noch bei anderen Bauern untergebracht werden. Die paar anderen Juden aus dem Dorf wurden auch von einem katholischen, engagierten Arzt, Dr. Socquet, geschützt.

Auf keinen Fall wollte er zu diesem miserablen Bettlervolk der Emigrierten gehören, die man so oft an irgendwelchen Ministerien oder Konsulaten Schlange stehen sah, in verbrauchten Kleidern, die nie richtig saßen, die schon andere getragen hatten und die nach Wohlfahrt aussahen, sie standen da aneinandergedrängt und warteten. Ihre Gesten waren eilig, eckig, verkrampft. An allen war etwas Erbärmliches und Feindliches zugleich, sie lebten in der Angst, dass man ihnen das nichts, das sie noch hatten, auch noch abnehmen würde, man wollte sie so schäbig, ärmlich haben wie nur möglich, mit absolut nichts in den Taschen oder Händen, sodass ihnen endlich die Barmherzigkeit zustehe. Vielen dieser Displaced Persons sah man ihre soziale Herkunft an, sie trugen Pelze, an denen stellenweise die Haut zu sehen war oder fadenscheinige Frackhosen. Man hatte ihm geraten, da er doch keine persönlichen Dokumente mehr hatte außer einer Bescheinigung, dass er für Frankreich gekämpft hatte, er solle sich einen Nansen-Pass ausstellen lassen. Der Nansen-Pass war ein Ausweis für Heimatlose. Er ging zu weiteren Erkundigungen in die Emigrantenbuchhandlung in der Rue du Dragon (Drachenstraße). Da saßen lauter solch krächzende, sich anschreiende, ehemals »betuchte« Exilierte, die sich am Ressentiment weideten, nicht gegen das kriminelle Deutschland, das sie ausgewiesen, wenn nicht vergast hatte, sondern gegen das Frankreich, das sie, wenn auch mit Widerwillen, aufgenommen hatte. Sie wussten alles besser, konnten alles besser und verkamen dabei in trostlosen Wohlfahrtsanstalten.

Lieber Gott, ich danke dir, dass ich nicht zu denen gehören muss. Meine französische Zeitung unter dem Arm, kann ich in meine gemütliche Wohnung zurück, ich sitze in Sicherheit, ich kenne einige wichtige Personen, mir kann so etwas nicht passieren. An solchen Obdachlosen ist etwas Unbekanntes, Geheimnisvolles, Minderwertiges. Vielleicht sind deshalb, bei uns, die Juden unbeliebt. Kaum ist der Krieg zu Ende, schon sind sie da und verbreiten das Unbehagen und das schlechte Gewissen. Sie wollen uns glauben machen, dass sie in Deutschland verfolgt wurden, es soll sogar die Rede von Massentötungen sein, von Gaskammern und solchem Zeug. Ja, es ist wahr, die jüdischen Nachbarn waren auf einmal nicht mehr da, aus den Wohnungen ausgezogen, nach Amerika wahrscheinlich. Jeder Unbehauste hat so etwas Judenähnliches an sich, und Erich, ob er es wollte oder nicht, war einer davon, er musste anstehen wie jeder andere, und er fühlte sich entehrt, und da saß er nun bei der reichen, schon älteren Kusine, die ihn über den kleinen Bruder ausfragte und keine Ahnung hatte, er saß da mit seinen Beinen vor sich und dem Teppich darunter und war dabei der kleine jüdische Bittsteller, den er über alles hasste, weil er einfach nur ein Mensch war.

Erich wollte kein Mensch sein, eine solche banale Zugehörigkeit ekelte ihn an. Die erlebten Ereignisse hatten in ihm eine Starrheit entstehen lassen, eine Unbeweglichkeit des Empfindens, die ihn vor Überraschungen schützen sollte. In sich selber ging er mit steifen Beinen herum. So sollte es ihm gelingen, alles seinem Innenbild nicht Entsprechende abzuschalten, so dachte er es sich, aber es wurde jedes Mal von der Wirklichkeit widerlegt. Er saß da in dieser vornehmen, distinguierten Umgebung, die ihn an die eigene Kindheit erinnerte und fragte sich, warum er gerade in diese hineingeschüttet worden sei, wo er doch auch genauso gut ein anderer gewesen sein konnte, der da so vor sich hin existierte, ganz natürlich, als ob nichts dabei sei. Zugleich durchschwirrten ihn kleine Gedankenschwaden, so kurz, dass sie zeitlos waren und traumartig vieles enthielten. Landschaften durchzogen ihn, Geräusche, Wind, das Einklicken einer Maschinenpistole, das Rufen im Gebirgswald, die Stimme eines Kameraden, das Schlürfen von Stiefeln am Felsen und immer wieder die Frage: Warum bin ich gerade der, der ich bin?

Er saß da in diesem alten Sessel, in dem viele Menschen gesessen hatten, die ohne irgendwelche Bedenken auf die Vergangenheit zurückblicken konnten, sie hatten einen tadellosen Hintergrund, eine judenfreie Familiengeschichte (sollten auch einige Juden des Geldes wegen eingeheiratet haben), ihnen konnte man nicht vorwerfen, sie seien »vaterlandslose Gesellen«.

Sein Seinsgefühl war in ihm wie kristallisiert, es ließ nichts herein und nichts heraus, alles nebelte um ihn herum. Wurde er über seine Pläne gefragt, kam ihm »Jura«, ohne dass es ihm das besonders angetan hätte, der Vater war doch Jurist gewesen, ein hoch angesehener. »Das ist richtig, mein Junge«, hörte er die Kusine sagen, sie stand auf, ging an einen Tisch und schrieb ihm einen Scheck aus, es war eine beträchtliche Summe, von der er einige Monate leben konnte. Er hatte genau das erreicht, vor dem ihm graute: jemandem etwas schuldig sein; schuldig war er seit dem 18. Mai 1938, er hing nicht mehr von den Eltern ab, zu denen er leiblich gehörte, sondern von

Menschen, die ihm fremd waren, die genauso gut hätten völlig andere Kinder betreuen können oder gar niemanden.

Die Gendarmen hatten ihn vor den Deutschen gewarnt und die Internatsleiterin ihm die Flucht ermöglicht, das war völlig selbstverständlich und außergewöhnlich zugleich. Die Kusine hatte jahrelang für die beiden Jungen gesorgt; er war von allen Seiten zur Dankbarkeit verpflichtet, was wohl – wie auch seine Herkunft – seine Unterlegenheit zeigte, und die war ihm unerträglich. Er verlangte, einen Schuldschein auszuschreiben und wollte das Geld in einigen Monaten zurückzahlen.

Er ließ sich einige Tage Zeit, dann schrieb er sich in die Juristische Fakultät von Paris ein, und bei der Gelegenheit fiel ihm wieder auf, wie dasselbe so völlig anders sein konnte, beide Sprachen, Deutsch und Französisch, sehen dieselbe Landschaft, die eine steht links und die andere rechts an der Aussicht, die eine hat zwei Worte für »ich«, die andere nur eins. Der Eintritt in die Welt ist völlig anders. Nur, dass die eine von nun an vom Verbrechen gezeichnet war. Und diese Sprache war seine Sprache, er tat, als ob er die Sprache nicht mehr so gut konnte. Sie saß ihm aber im Rücken, sie hatte sich an ihm kaum fühlbar festgekrallt und doch hatte man mit ihr das Schlimmste überhaupt begangen, das vielleicht mit ihr doch nichts zu tun hatte. Mit jeder Sprache konnte man das Schlimmste begehen.

Erich begann sein Jurastudium mit Leidenschaft, bald aber stieß er immer wieder an das Problem seiner Einbürgerung, er lebte im Vorläufigen, im Vergänglichen, alles führte ihn zu seiner Judenheit zurück, das war die Falle, in die er unaufhörlich geriet und die er unbedingt loswerden musste. Welchen Beruf er auch ausüben würde, früher oder später würde es jemand an dem Namen merken. Niemand hatte vor ihm je seine Haltung geändert oder mit ein wenig veränderter Stimme sich den Namen buchstabieren lassen. Dennoch wusste er, was sich der Gesprächspartner wohl dachte, aber zum Glück gab es viele in Frankreich, die auch so nach Ausland klangen. Wie so viele glaubte er an die zivilisatorische Aufgabe Frankreichs. Frankreich als Land der Aufklärung, wo alle Verfolgten Europas Unterkunft finden konnten, wo man noch die politischen Ereignisse frei besprechen konnte. Die Politik ging ihn nichts an, das schlechte Gewissen, ganz fröhlich und geborgen noch da zu sein, ließ ihn nicht los, es stand hinter jedem Zukunftsentwurf. Wenn er mit einem anderen Studenten sprach oder mit einem Bekannten oder bei jeglicher Begegnung fand er nicht die richtigen Worte, er war auf frischer Tat ertappt worden. Er war mit sich selber besonders ungeschickt und wandte seine Selbstverstummung gegen andere.

Er stand da wie jeder andere und war auch jeder andere; er aß öfter in einer Kantine, wo Angestellte, Laufburschen und Funktionäre Mittagstisch hielten, zweimal saß er da mit einem ledigen Volksschullehrer, der ihm erzählte, dass er sich manchmal selber zum Mittagessen einlade, sich sorgfältig rasiere, sich schön mache, den Tisch fein decke und sich eintreten und empfangen lasse und sich zu Tisch bitte, zu einem Gelage mit Vorspeise, gebratenem Huhn, Käse und Nachtisch und sich dann zum Likör mit sich selber hinsetze. Erich konnte kaum mehr zu Atem kommen, so etwas war ihm noch nie passiert, aber es war ihm derart vertraut, dass er es mit der Angst zu tun bekam, bloß sich selber für alle Male los sein, das musste er unbedingt, Tag und Nacht eingesponnen sein war die einzige Möglichkeit, den inneren Juden, den inneren Menschen abzuschaffen.

Der Volksschullehrer war ein ganz gewöhnlicher Franzose mit einem ganz normalen Namen, über den sich niemand Fragen stellte. Er, Erich, dagegen trug einen Namen, den man sich merkte, einen Namen aus einer Vergangenheit, die nicht vergeht, die backfrisch jederzeit zur Verfügung steht, es kommt nur auf die momentane Politik an.

Nicht, dass er am Leben verzweifelte, ganz im Gegenteil, aber nicht mehr bezeichnet, designiert werden, keiner mehr sein, das war für ihn nur beim Orgasmus mit einem Mädchen oder als Soldat möglich.

Keine Vergangenheit haben, da seine doch immer nur in die Schuld, die Gefahr und die Ausweglosigkeit führte, keine Erinnerung, die nicht mit einer Drohung endete, nur noch inhaltslos sein, das hätte ihn erlöst, nun aber schleppte er auch noch die Last der Geschichte mit sich herum; jeden Tag kamen neue Informationen über das Geschehen in den Konzentrationslagern. Über Buchenwald wusste man schon vieles, er hatte, wie fast jeder in Frankreich, Eugen Kogons »Der SS-Staat« gelesen, aber auch von David Rousset »Das KZ-Universum«, die Zeitungen berichteten von immer mehr Massengräbern und von den Gaskammern; das hatte man schon irgendwie geahnt, man wusste schon seit Jahren, dass Deportation nach Osten den sicheren Tod bedeutete.

Bis dahin hatte Erich nur Fronterlebnisse gehabt, es hatte gegolten, den Feind zurückzuwerfen. Die Deutschen waren einfach der Feind, der Frankreich unterdrückte, aber von nun an waren sie schuld an dem größten Verbrechen des Jahrhunderts. Er war einer von ihnen und doch wollten sie ihn als nicht dazugehörend abschaffen. Es schwirrte ihm im Kopf herum. Es überkam ihm aber auf einmal das Landschaftsbild, das ihn so lange, sechs Jahre, begleitet hatte und das so deutlich und prägend vor ihm stand, um ein anderes, noch tieferes zu überdecken, an welches er unbedingt nicht denken durfte.

Es war für ihn wie ein Unfall der Geschichte gewesen, ein Irrtum, der bald berichtigt werde. Er hatte noch nicht erfassen können, dass es sich um etwas noch nie Dagewesenes handelte, um einen lange vorbereiteten, lange vorgedachten Judenmord, dem er beinahe zum Opfer gefallen wäre.

Alles brachte ihn ständig zurück zu all dem, das er nicht sein wollte. Dabei ging ihm das Geld der wohlhabenden Kusine aus, er konnte nicht immer bei Bekannten übernachten, er fand Aushilfsarbeiten in Sekretariaten, wo man ihn als ehemaligen Soldaten der Befreiungsarmee in Wartesälen oder Büros schlafen ließ. Er wurde dann auch Nachtwächter in verschiedenen Garagen, wo er einmal über seinen Jurabüchern einschlief, und als er frühmorgens aufwachte, fand er unter seinem Buch, auf das er sich gestützt hatte, einen Umschlag mit einer beträchtlichen Summe und einer Visitenkarte von Luis Mariano, dem berühmten Operettensänger, mit den Worten »Viel Erfolg in Ihren Jurastudien«. Das Vorläufige wurde ihm unerträglich.

Er hatte obendrein das Gefühl, er erfülle vielleicht als Soldat deutscher Herkunft eine Wiedergutmachungsaufgabe, er hätte dabei zu zeigen, dass Deutschland weiterhin der Zivilisation angehöre, als französischer Offizier würde ihm gelingen, woran er, was das Deutsche betrifft, nur scheitern konnte. Es war ihm, als sollte das Französische das Deutsche wiederherstellen, wie es hätte gewesen sein können, wenn die Hitlerei nicht gewesen wäre. Er suchte vergebens, aus dem deutschen Verbrechen, dessen Kenntnis sich immer mehr ausweitete, herauszukommen. Manchmal überkam es ihn wie ein Schauer, wäre er »normal« geboren, was wäre aus ihm geworden, vielleicht hätte er russische Bauern erschossen oder ganze Dörfer in Flammen aufgehen lassen. Man hätte ihm die Überwachung zum Beispiel eines der Züge anvertraut, die tagelang durch die Landschaft fuhren, von denen er aber nicht unbedingt zu wissen brauchte, dass sie hunderte von Menschen, die nichts zu trinken oder zu essen hatten, in die Gaskammern fuhren. Vielleicht hätte man ihn in so ein Lager befördert, wo er mitgemacht hätte, wie es die »Pflicht«

ihm befahl, er hätte sich vielleicht an der Planung der Konzentrationslager beteiligt und wie so viele andere »normale« Menschen dabei nichts genaues gewusst, und »was Hänschen nicht weiß, macht ihn nicht heiß«.

Oder, aus guter Familie, mit Angehörigen, die der Partei nahestehen, sitzt er zwischen zwei SS-lern in einer schwarzen Mercedes-Limousine und flitzt von Katowice nach Auschwitz, er soll sitzen bleiben und warten, es sind Blumenbeete da, alles sieht ruhig aus, riecht aber ein wenig komisch und es wird nach Katowice zurückgeflitzt. Warum auch nicht?

Oder er ist neunzehnjährig, es ist Februar 1943, er schreibt sich an der Ludwig-Maximilians-Universität ein, kurz bevor er eingezogen wird zur Verteidigung des Reiches, das von den Feinden und den Juden umzingelt ist, er steht in der Aula und plötzlich segeln Flugblätter herunter:

»Nichts ist eines Kulturvolkes unwürdiger, als sich ohne Widerstand von einer verantwortungslosen und dunklen Trieben ergebenen Herrscherclique ›regieren‹ zu lassen. Ist es nicht so, daß sich jeder ehrliche Deutsche heute seiner Regierung schämt, und wer von uns ahnt das Ausmaß der Schmach, die über uns und unsere Kinder kommen wird, wenn einst der

Schleier von unseren Augen gefallen ist und die grauenvollsten und jegliches Maß unendlich überschreitenden Verbrechen ans Tageslicht treten? Wenn das deutsche Volk schon so in seinem tiefsten Wesen korrumpiert und zerfallen ist, daß es, ohne eine Hand zu regen, im leichtsinnigen Vertrauen auf eine fragwürdige Gesetzmäßigkeit der Geschichte das Höchste, das ein Mensch besitzt und das ihn über jede andere Kreatur erhöht, nämlich den freien Willen, preisgibt, die Freiheit des Menschen preisgibt, selbst mit einzugreifen in das Rad der Geschichte und es seiner vernünftigen Entscheidung unterzuordnen – wenn die Deutschen, so jeder Individualität bar, schon so sehr zur geistlosen und feigen Masse geworden sind, dann, ja dann verdienen sie den Untergang [...].

Daher muß jeder einzelne seiner Verantwortung als Mitglied der christlichen und abendländischen Kultur bewußt in dieser letzten Stunde sich wehren, soviel er kann, arbeiten wider die Geißel der Menschheit, wider den Faschismus und jedes ihm ähnliche System des absoluten Staates. Leistet passiven Widerstand – Widerstand –, wo immer Ihr auch seid, verhindert das Weiterlaufen dieser atheistischen Kriegsmaschine, ehe es zu spät ist, ehe die letzten Städte ein Trümmerhaufen sind, gleich Köln, und ehe die letzte Jugend des Volkes irgendwo für die Hybris eines Untermenschen verblutet ist. Vergeßt nicht, daß ein jedes Volk diejenige Regierung verdient, die es erträgt!«

Das war das erste Flugblatt der »Weißen Rose«, das von Sophie Scholl und ihrem Bruder Hans und ihren Freunden Alexander Schmorell oder Kurt Huber redigiert und verteilt wurde. Vielleicht war es besser, nicht mit dem Blatt in der Hand überrascht zu werden. Solche Selbstinszenierungen fielen ständig zu seinem Nachteil aus. Er wäre sicher Mitglied der Gruppe geworden. Er gehörte zu zwei tragischen Völkern, wovon das eine das andere nicht geopfert, sondern wie zum Spaß in Luft aufgelöst hatte. Es war besser, nicht einmal daran zu denken. Es hatte also doch einige Deutsche gegeben, die sich noch an sie selber erinnerten. Es schien irgendwie eine deutsche Bestimmung zu geben, einen Hang zur Gründlichkeit, der vielleicht mit der visuellen Genauigkeit der deutschen Sprache zu tun hat, die durchsichtig ist, die deutsche Sprache beschreibt die Wirklichkeit. Manches im Deutschen drückt dasselbe umgekehrt aus: Eine Stoßstange ist ein pare-chocs (stoßen und vermeiden, sich hüten vor), eine Schublade ist un tiroir (schieben und ziehen).

Das Deutsche abstrahiert nicht, alles steht irgendwo im Raum fest, kein Wort eigentlich, von dem man nicht wüsste, wo es ist, es ist eine Sprache der Wirklichkeit, die man oft für die Wahrheit hält. Das Deutsche, die Sprache der Wahrheit, wie man es stets im neunzehnten Jahrhundert und leider vor allem im zwanzigsten Jahrhundert hörte mit allen bekannten furchtbaren Konsequenzen. Es ist sonderbar, aber auch erklärlich, dass gerade in Deutschland zur Hitlerzeit der Mensch (das Wort ist eine wunderbare sprachliche Erfindung, so wie auch Humanität) als solcher abgeschafft werden sollte. Es gibt eine grundlegende Radikalität im deutschen Denken, die leicht zum Äußersten führen kann.

Und nun war auch der kleine Bruder aus den Bergen nachgekommen, die Kusine hatte ihn in ein Studentenheim einquartiert, wie sie es auch Erich vorgeschlagen hatte, der sich dadurch in seinem Hochmut gekränkt gefühlt hatte. Der kleine Bruder war ein Bücherfresser, er ließ sich jetzt oft von Männern mitnehmen und wusste schon allerhand, sogar über das Deutsche, was so kurz nach dem Krieg und den Konzentrationslagern erstaunlich war. Jetzt hörte man auch von den sogenannten »medizinischen« Versuchen mit Menschen. Obgleich man es nicht wissen wollte, so unmöglich klang es, hatte es Vergasungen gegeben. Eine riesige Organisation war geschaffen worden, um unbekannte Frauen, Kinder, Greise zu eliminieren wie unbrauchbares Material. Jeden Tag kamen neue Informationen. Man konnte nur nicht hören, nur nicht sehen wollen, es gab keinen anderen Ausweg, als sich das Gesicht mit Asche zu bedecken. Unheilbare Seelenschmerzen blieben bei den überlebenden Deportierten und ihren Kindern.

Im ruhigen sechsten Arrondissement in Paris fing, in den sechziger Jahren des vergangenen Jahrhunderts, eines Nachts eine Frau zu schreien an, jede Nacht um vier Uhr. Allmählich störte das die ganze Umgebung und sie wurde verschiedenen Ärzten anvertraut, die alle nicht helfen konnten, bis auf eine, die eine ehemalige Deportierte kannte, die von den Appellen wusste. Die Mutter der Frau war polnischer Herkunft und im Oktober 1944 in Buchenwald schwanger geworden, bis zur Befreiung am 11. April 1945 stand sie stundenlang Appell, morgens um vier. Die Angst, der Schrecken, das Elend hatten sich in der Seele der noch gar nicht geborenen kleinen Tochter festgesetzt. Das Ausmaß des Verbrechens war unberechenbar; es stellte die Frage, wie es überhaupt möglich war und so ziemlich einfach durchgeführt werden konnte, wie es wohl kommen kann, dass die Schmerzen eines Menschen jeden unempfindlich werden lassen, sodass er nichts davon fühlt. Er hatte das schon an der Front im Elsass erlebt, das war das Rätsel.

Nun stand er aber vor der Entscheidung. Er konnte nicht mehr. Am nächsten Morgen um neun fuhr er mit der Metro nach Vincennes und meldete sich zur Fremdenlegion, wo alle möglichen heruntergekommenen und verzweifelten Männer versuchten, wie sie konnten, aus der Existenz herauszufinden. Man ließ ihm einige Stunden, um seine Militärpapiere zu holen, die hatte er in seiner Kammer auf der sechsten Etage ohne Aufzug. Unter der Tür klemmte aber ein Umschlag des Ministeriums für Gesundheit und Bevölkerung, der seine Naturalisierung enthielt; er konnte kaum seinen Augen trauen, es war derart absurd, dass er zu schreien anfing, zu heulen sogar. Aber es war nichts mehr zu machen. Er hatte sich mit seiner Unterschrift zur Fremdenlegion gemeldet. Gerade in dem Augenblick, als für ihn einmal nichts mehr im Wege stehen sollte, war er selber zum Hindernis auf dem eigenen Weg geworden. Er war das einzige Instrument seines Unglücks – wie es bei Kafka ist.

Von Erichs Zeit bei der Fremdenlegion ist wenig bekannt, er selbst hat kaum davon gesprochen. Er nahm 1954 an der Schlacht von Dien Bien Phu teil, wo Frankreich verzweifelt gegen den Verlust seiner Kolonie in Indochina gekämpft hatte. Er wurde als Offiziersanwärter in die Offiziersschule Saint-Cyr geschickt, bestand den Wettbewerb zur Aufnahme und wurde als Leutnant nach Fort Flatters im fernsten Süden Algeriens geschickt, wo er dann während eines Urlaubs in Algier auch heiratete. Irgendwie ging er neben sich selbst durch seine unverantwortbare Geschichte: Obwohl getauftes Christenkind wird er als »Volljude« abgestempelt, in Frankreich versteckt, Widerstandskämpfer und französischer Offizier, wo er doch abgeschafft werden sollte, wie es die Nazis angeordnet hatten.

Er wurde dann Major und beteiligte sich 1961 sonderbarerweise an dem Aufstand gegen de Gaulle. Das war vielleicht für ihn die extremste und misslungenste Form seiner inneren, nie befriedigten Auflehnung gegen alles, was die Zivilisation, vielleicht mehr noch als die Kultur, bedrohen konnte. Er hatte kaum wahrgenommen, dass die Eroberung Algeriens durch die französische Armee seit 1830 für mehr als ein Jahrhundert die ganze Geschichte der Region verwirrt hatte, er glaubte noch ganz naiv an den historischen Zivilisationsauftrag Frankreichs. Er hatte aber auch rasch verstanden, dass der Islam nichts anderes als Gehorsam und Fanatismus war, dass er zu jeder zivilisatorischen Entwicklung unfähig war, eine versteinerte Kultur ohne Geschichte – Algerien würde bis ans Ende der Zeiten, trotz allen Reichtums, ein Land der Willkür bleiben.

Nur, dass de Gaulle hellsichtiger und dem Verlauf der Ereignisse einen Schritt voraus war. Erich zog sich rechtzeitig aus dem Komplott zurück, als er sah, dass die revoltierenden Generäle die Republik stürzen wollten.

Als sich die Situation in Algerien als aussichtslos erwies, de Gaulle war seit 1958 an der Regierung, erwog er bereits schon die Unabhängigkeit Algeriens. Seit 1954 wütete eine Art Bürgerkrieg gegen die schon alte französische Annexion. Wenn auch die Algerische Befreiungsfront (FLN) den Krieg militärisch verloren hatte, hatte sie ihn politisch gewonnen. Für viele französische Algerier aber, die seit 1830 dort lebten, war das Ende der französischen Präsenz undenkbar. Am 21. April 1961 versuchten vier Generäle im Ruhestand unter der Anführung von General Salan die Republik und de Gaulle zu stürzen. Der extrem rechts orientierte Staatsstreich scheiterte und die vier faschistischen Aufwiegler, von de Gaulle »das Quartett« genannt, landeten im Gefängnis. Salan wurde zum Tode verurteilt, aber von de Gaulle 1968 begnadigt; die Todesstrafe wurde erst von François Mitterrand 1981 abgeschafft. Erich beteiligte sich an der Revolte, um seine Zugehörigkeit zu Frankreich zu bestätigen. Das behinderte seinen weiteren Aufstieg in der Militärhierarchie. Er erreichte nur den Rang eines Majors.

Nach so vielen Lebensenttäuschungen, so vielen verfehlten Gelegenheiten und einer wie neben ihm selbst verlaufenen Existenz wurde ihm eine letzte, für ihn vielleicht die größte Erwartung erfüllt: Ihm wurde 2011, einige Monate vor seinem Tod, die Ehrenlegion verliehen, die ihm zeigen sollte, wie sehr er zu Frankreich gehörte und die seine freie Zugehörigkeit zur Humanität bestätigte, die für ihn Frankreich verkörperte.

Zu seinem Begräbnis im November 2011 kamen eine ganze Reihe hoher und höchster Offiziere, deren Anwesenheit deutlich machte, wie sehr er in Frankreich integriert war.

Er wurde sein Leben lang von den Ereignissen fortgetragen, in fast absichtlicher Passivität. War der Rahmen einmal gefunden, war er die eigene Geschichte los und konnte sich ganz dem Ausblenden der historischen Tatsachen überlassen. Im Leerlauf weiterzuleben war für ihn vielleicht der einzige mögliche Ausweg. Erich glaubte an den zivilisatorischen Auftrag Frankreichs in Afrika. Er war wie jeder naturalisierte oder gebürtige Franzose im Glauben an Frankreich als Fackel der Freiheit und der Menschlichkeit erzogen worden. Frankreich war tatsächlich das erste Land der Verwirklichung der Republik als Demokratie. Die französische Staatsidee war auf Menschlichkeit und Freiheit aus, das hatte sich tief in ihn eingeprägt.

Mit seiner jungen Frau unternahm er eine Bildungsreise, Anfang der siebziger Jahre des vorigen Jahrhunderts, nach Hamburg, zum überlebenden Rest der Familie. Denn nicht nur waren sie nicht alle vergast worden, sondern wegen der »Mischehen« auch so ziemlich unversehrt davongekommen und taten, als hätte es das alles nicht gegeben. Sie waren evangelisch getauft worden und empfanden alles als Deutsche. Dem Bruder und ihm aber wurde eine Identität aufgesetzt, Nicht-Arier, die ihnen nicht entsprach, die sie nicht fühlten. In sich waren sie wie alle Menschen, sie waren sie selbst und keiner sonst konnte es sein.

Erich lebte in einem unüberbrückbaren Gegensatz zwischen Sehnsucht nach Gleichgewicht und ständigem Getriebenwerden, zwischen seinen Zugehörigkeiten, von denen eine in die vielleicht täuschende Helle des guten Gewissens führte, wie seine Erziehung und die französische Nationallegende es ihn gelehrt hatten, in der Hoffnung auf ein sicheres, angenehmes Leben, auf das jeder Normalbürger Anspruch hat. Die andere wies ihn in den Bereich des absoluten Verbrechens, wie es sich inzwischen über die Welt ausgebreitet hatte, vom stalinistischen Russland bis nach Uganda. Auschwitz bleibt aber das Ungeheuerste, an dem keiner unbeschadet vorbeikommt.

Es galt, die dunklen Erinnerungsschwaden abzuleiten, man spielte, als sei man wie jeder andere auch Opfer der Bombardierung und der furchtbaren Zeiten gewesen. Ja, nach der Kapitulation ging es uns so furchtbar schlecht; wir hungerten und froren, zu Adolfs Zeiten hatten wir noch fast alles, zum Glück aber haben wir jetzt die Amerikaner und seit der Währungsreform geht es wieder bergauf. Man hätte sich geschämt, zu den ehemaligen Deportierten zu gehören, die heute von verschiedenen Seiten betreut wurden, weil sie »damals« zum Gelben Stern gezwungen gewesen waren, in Züge geladen und abtransportiert.

Davon wollte Erich nichts mehr hören, er war ein französischer Offizier, zu Besuch im von den Alliierten befreiten Deutschland, er stand da auf dem

Bahnsteig in seiner schicken französischen Offiziers-
uniform und ließ sich nichts anmerken. Er stand da
und keiner wusste, wer er war und was aus ihm hätte
werden sollen, eine stinkende, halb verkohlte Juden-
leiche in irgendeinem Vernichtungslager der Nazis,
und dabei ging es ihm selbst bestens als eine Art
Dementi der Geschichte. Man sah ihn dastehen und
keiner wusste, dass es ihm die Sprache verschlagen
hatte, denn er hatte allerhand erlebt, unter anderem
die Befreiung des Konzentrationslagers Struthof im
Elsass, Ende April 1945. Er lebte an sich selber vorbei und verdrängte jede in ihm auftauchende Idee.

Nach der Pensionierung als Offizier wurde er
Hauptkassierer der französischen Bank Crédit Agri-
cole und fuhr jahrelang durch das ganze Département
Var, von Dorf zu Dorf.

Diese Erzählung entstand aus einer Ermutigung durch Thedel v. Wallmoden, der einmal fragte, was aus dem älteren Bruder geworden sei, der in den autobiografischen Büchern des Verfassers selten und in den späten Jahren gar nicht mehr erwähnt worden sei.

Es war eine aufwühlende, bis dahin sorgfältig vermiedene Frage: vielleicht, weil man sich, alleine durch die Tatsache, dass man noch da war, lebensschuldig fühlte.

Sollte diese Publikation Links auf Webseiten Dritter enthalten,
so übernehmen wir für deren Inhalte keine Haftung,
da wir uns diese nicht zu eigen machen, sondern lediglich auf
deren Stand zum Zeitpunkt der Erstveröffentlichung verweisen.

Penguin Random House Verlagsgruppe FSC® N001967

1. Auflage
Genehmigte Taschenbuchausgabe August 2023
btb Verlag in der Penguin Random House Verlagsgruppe GmbH,
Neumarkter Straße 28, 81673 München
Copyright der Originalausgabe © Wallstein Verlag, Göttingen 2021
Covergestaltung: Semper Smile, München,
nach einem Entwurf von Marion Wiebel, Wallstein Verlag
Covermotiv: privat
Druck und Einband: GGP Media GmbH, Pößneck
JT · Herstellung: sc
Printed in Germany
ISBN 978-3-442-77303-9

www.btb-verlag.de
www.facebook.com/penguinbuecher